作俑

陈鹏举 著

上海文化出版社

序

很早读到鲁迅的《故事新编》,喜欢。特别是其中《铸剑》一篇,神一样的文字,更喜欢。几十年后,我也仿着写了。

古时候的历史,真相原来就少,留到现在的就更少了。司马迁的《史记》,人说是史,我看不是。鲁迅称赞"史家之绝唱,无韵之离骚",也没很认它是史。它写到的鸿门宴,与宴者的神色言语,极像是整理了录音和摄像记录的。不然,就不如鲁迅的《故事新编》了。眉间尺之类,说是真相,不好说。说不是真相,倒是真难说。我是信它真的。

仿写了,真的很快乐。《摔琴》最先写。我一直觉得,钟子期也没听懂伯牙。高山流水之类,未必是伯牙的原意。可是伯牙认他为知己了。知己是有资格的,钟子期有资格。《献璧》说的是,著名的和氏璧其实有瑕疵。这感觉似乎还找得到佐证。后来,蔺相如抱着和氏璧去见秦王,秦王看了，爱不释手，竟忘了要拿城池交换的约定。蔺相如说了一句著名的话，意思就是和氏璧有瑕疵，他愿意把它指出来。秦王愣了一下，很快让和氏璧回到了蔺相如手里，给出了完璧归赵的机会。秦王为什么会愣？可能和氏璧有瑕疵，他是有风闻的。

接着又写了《巡西》和《作俑》。前一篇是脱胎于唐人李商隐的《瑶池》七绝。这样的美丽文字，每每想起来，都会喜极而有泪意。后一篇自然是震撼于地底下的秦皇兵马俑。写到的工匠，他们的名字都是刻在俑上的，可查。

写了以上四篇，感觉气力泄了。有半年不再动笔。《追日》一篇，是想借夸父的元气，复苏过来。

又过了数月，接连写了之后的四篇。《造字》写仓颉。曾经见过一叶花笺，民国的，印有二十来岁的徐悲鸿画的仓颉像。对着仓颉的两对眼睛，看了一会儿，竟眼花头晕了起来。于是猜想，仓颉看过来，可能失焦得更厉害。《击楚》写宋襄公。也不知怎么就想起他来了。也不知怎么就感觉他不蠢了。之后是《窃符》，出现的人物比较多，是个比较复杂的故事。和《窃符》同时写的《填海》，人物是最少的，故事也最简单。

今晚数了数,九个故事了,可以凑成一本书了,感觉有了告一段落的理由了。

自我编排起来,发现了一个好玩的问题。九个故事,写了大致一年。除了《追日》,其他八篇,都写在六、七月,而且都是在六月开笔的。我出生在六月。是不是出生的那个月份,总是这个人一年中元气最饱满的时候呢?我真有点相信。

说了写的时间,还得说写的地点。这些篇文字,都写在松江华亭湖边。松江是我的外婆家,我的文字和心肠,在这里获得了眷顾。

万熹楼是我的斋名,我把这些篇文字,称为"万熹楼小说"。如果以后还写,就是卷二、卷三了。

2014年7月3日序于华亭湖边万熹楼

【目录】

摔琴 ---------- > 1

献璧 ---------- > 21

巡西 ---------- > 41

作俑 ---------- > 61

追日 ---------- > 81

造字 ---------- > 97

击楚 ---------- > 113

窃符 ---------- > 131

填海 ---------- > 149

摔琴

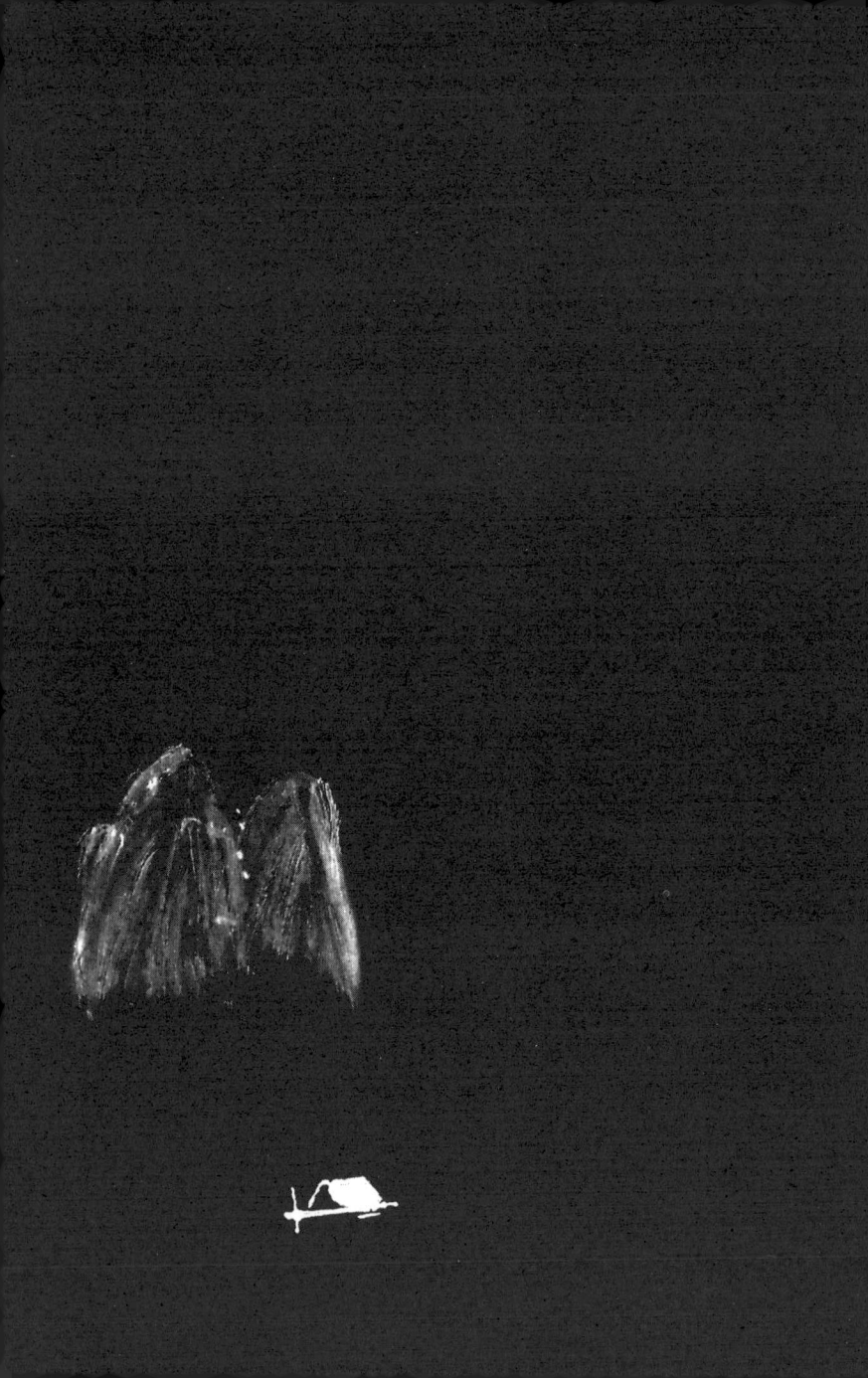

摔琴

溱山深处，白云清溪。那棵高大参天的梧桐树下，伯牙抱着琴。野逸之士无不具有的那种清癯长相，抱琴的样子也是那么好看。

花在坠落，鸟在眨眼，流星陨落。他的耳朵听不见声音，他用眼睛看声音。伯牙睁大眼睛，看出了声音。他沉浸在声音里。他已经这样看了三十三年。他三十三岁了。

人间还不像人间。人和水木、鸟兽住在一起。光是太阳和月亮给的，一寸寸光放射出来。听伯牙说有淡淡的像花开那样温暖的声音。手推车，木轱辘转起来的声音也很好听。

这样的人间，安静。鸟兽，风雨，还有流水，就是声响了吧？还有就是雷鸣了。

太安静了。还可以听到针掉在地上的声音，还有伯牙熟悉的花开花落的声音，鱼流泪、鸟眨眼、星星陨落的声音。

最好听的，还是人的声音。步履声和说话声，月下可以寻觅到的遥远的温柔的笑意，吟诗的声色，还有床上的嘿咻声。那时候，人们的家多在水边的山坡上。渔樵归来，家里人很快就听见了，因为声音是向上的。从坡前的那条路走来，些许人声，就可以听见了。

人心是如此柔软，在声音都那么清纯和难忘的时候。人自然都感觉到了，声音很重要。如果没有声音，人甚至弄不清楚自己是不是算活着。

伯牙活着，靠着自己的双眼，听着世界的声音。后来，他闭上了眼睛，也能看出世上的声音来。

有人杜撰了五弦琴。也就是许多岁月后的人们说的古琴。因为有人，想让许多人清楚地听到声音，听到琴声，清楚地知道自己活着。伯牙抱着琴，抱着声音。

琴是人杜撰的一件东西，说实在的，不太好看，何况还是好看的伯牙抱着它。可是琴声好看，伯牙总是满心欢喜地看着它。

这不太好看的琴，是伯牙自己斫的梧桐木做的。

那年冬天，好大的风雪，伯牙腰间插了把斧子，进山去，在一片先前选好的梧桐林子里，看梧桐树在风雪中惊怵的神色和声音。他选定了那棵最敏感最动听的梧桐树，斫了，做了一把属于他的琴、一辈子跟定了他的琴。抹上了鹿角霜做琴的胎灰。

鹿角霜是他夫人燕卮到邻村猎户家换来的，拿了她腌制的出名的狍子肉。

这琴，体量和光泽，都沉甸甸的。看不出什么好来，可是弹起来了，鸟和鱼，花和兽，好像都会留意它。

人呢？

燕卮夫人说："我家那位就是一个缺点，琴弹起来像丢了魂。好听倒蛮好听，就是不能当饭吃。"接着还是那句，"他是当饭吃滴。"接着又是很好看地咯咯一笑。

邻村的几个父老少小，都注意到了燕卮夫人的莞尔一笑，对耳聋的琴师好像没什么感觉。

后人说伯牙是对牛弹琴了。其实这里的山民见到牛的机会不多，仿效牛的可能性也不是很大。

对面山脊上出现了人影。山的心坎，人是极稀有的动物。好几天才有机会出现一下，从山脊上闪过。

伯牙心头又有了一丝暖和。

他看着天边的脚步声。

哦。是两个人，围着山在转。是朝自己走来的。

伯牙看见了走在前面的钟子期。

钟子期是个樵夫,比伯牙小几岁。浓眉大眼,眼睛清澈透底。他是大山的孩子,打柴,养活家中老母妻儿。他认识伯牙,见过次数多了,就时常挂念了。不识字,钦佩伯牙这样有文化的人。伯牙喜欢琴,他也喜欢起来。

钟子期身后是个矮个的壮汉,背着行李。伯牙看见就知道是琴囊。伯牙诧异。深山里怎么还住这个弹琴的人?钟子期认识他,怎么带他来?

伯牙诧异得很快乐。琴,横贯四海,琴边坐着的人,应该是知音吧?他甜蜜地想。

来客走近了,伯牙起身迎了上去。

钟子期远远就打招呼:"先生,子垚先生看你来了。"

"哦哦,不知贵客光临,失迎失迎。"

子垚也赶忙作揖,说:"冒昧前来,失敬。"

伯牙时代,子垚、白乙、公孙狙和姬臀是操琴的四大天王。子垚、白乙是学院派,是远远地去过庙堂的。公孙狙是民间古琴协会的头儿。姬臀是个流浪琴师,年轻轻,就有好些美眉粉丝了。

子垚无争议地是四大天王之首。他的到来,表明伯牙和他的琴声惊动了有关琴的最高层面。

子垚坐下来,稍微平了下气,就说:"钟子期来找我,说溱山山里面有个爱琴如命的人,他说他不懂琴。他央求我来看一下。切磋也好。指点也好。"说着他笑了,"他还特地说,山里人不愿出门,请你别计较。"说到这里,他大笑,"于是,我就来了。"

钟子期在一边腼腆含笑,对伯牙说:"我自作主张,先生莫怪。"伯牙赶忙起身,对着子垚和钟子期深深作揖,说:"惭愧不以言。"燕卮夫人远远看着,笑出声来。

太阳偏西。西边的落霞,伯牙看出了火烧的声音。

伯牙弹了一曲。燕卮夫人咯咯笑起来,连说,"好听"、"好听"。

钟子期和每次听完一样,呆在那里一动不动。眼睛湿润得闪着光芒。

子垚禁不住站起身来,大声说:"这就是原生态、原生态!找了那么多年,今天终于找到了!天籁之声啊,真正的天籁之声!"

子垚嘱咐身边的钟子期:"以后伯牙先生的所有创作情况,请你代为转告。要知道这是非常有价值的考察报告。"

伯牙看到了子垚赞扬的话,热泪盈眶,弹琴的十个手指一阵痉挛。

一时间,他感觉他找到了找了三十年的知音。

可惜!子垚没说完。

子垚十一分兴奋地接着说:"伯牙兄的琴,只有束荆薪、煮白石的隐士才能弹出来。"

燕卮夫人忍不住插话:"他爱吃狍子肉。"

子垚这个琴界大宗师一愣。

伯牙没感觉夫人失礼。

他不知道自己算不算隐士?还有隐士琴弹得好?还有,弹琴和吃东西有关?这些都是问题。而这些问题竟是子垚带来的。

应该是兴奋不已,子垚还是往下说:"我从伯牙兄的琴里,听到了好纯净的鸟声、风声、雨声,还有怦怦的心跳声。可见再伟大的琴声都是可以解析的,可以寻找到它的明确指向和特定含义的。"

这回是伯牙愣了。十指停止了痉挛,眼泪冰凉地蹦出眼眶。

他从来说不出自己弹了些什么,可子垚清晰地描画出来了。

他幽幽地问了句:"琴声,能听懂吗?"

子垚爽快地回答:"当然能听懂。而且应该听懂。"

他手足冰凉。他看着子垚弹完一曲,感觉心如刀绞。

子垚弹的琴声,手法的精熟和音色的透明,还真不是浪得虚名。可惜子垚这么个有名望的人,这么个谦恭和礼贤下士的温和的人,他感觉和他离得很远。

伯牙还是很诚恳地接受了子垚的邀请,出席下月中浣的梧桐琴会。

雨中,子垚在伯牙家中住了一夜。他舒坦地一夜好睡。

钟子期和伯牙坐着看雨。

"让先生失望了。原想为先生找个知音的。"钟子期说。

"你一个人打柴的时候,感觉孤单吗?"伯牙缓缓冒出一句。

"不孤单啊。四周是山水花鸟,不孤单。"

"所以给我找了?"伯牙奇异地笑着。

"先生也不孤单?"

"四周是山水花鸟,不孤单。"伯牙回头看着他。

钟子期心里一动。舒坦地微笑。

钟子期陪了伯牙半夜。

伯牙看着屋外的雨声,醒了一夜。

梧桐木说是栖息凤凰的。凤凰很美,而且声音好听。凤凰和鸣,为什么老在梧桐树上?凤凰和鸣,和梧桐有关吗?有人说是的。梧桐木就被做成琴。琴被人定为发出人心的声音的东西。这一点,子垚、白乙、公孙狙和姬臀都那么认为。

梧桐琴会，是首屈一指的琴会，在山坡下一棵梧桐树下的一片地方举行。

四近的乡亲都说这棵梧桐树住过凤凰，就有了名气，成了一个好景致。一个和声音有关的文化景致，自然也就是和琴相关的人聚会的地方了。更好的是，这里天然有好些石头，可以坐，可以卧，可以安琴弹起来。边上还有一条溪水，清澈甘甜，可以解渴，可以舒心。

伯牙从溱山深处走出来，背着琴囊，还有一个太太打理的鼓鼓的布囊。走了一天一夜，来到梧桐琴会。

他歇在远远的一坨拳石上旁听。肚子饿了，探囊取出一块腌制的狍子肉。口干了，舀一瓢脚边的溪水喝。

琴会举行开幕式。

数百个粉丝打开手中的鸟笼，五彩斑斓的鸟儿，呼叫着涌上了梧桐树上的那一片天空。琴声起了。在鸟声中布出了一张网。琴声想管住鸟声，鸟声从琴声的网眼中纷纷挤出。

伯牙张大了眼，看着琴声和鸟声。

公孙狙介绍琴会的这个开幕式："请来那么多鸟儿，是纪念从前曾经的凤凰来仪。百鸟朝凤，没有百鸟就称不上凤凰。"说到这儿，他深深作揖，面对全场粉丝，"大家说，鸟叫很好听吧？你知道它说了什么吗？不知道它说什么，听觉已经很享受了。这就是琴所要追求和实现的东西。"全场掌声。

公孙狙口型很好看，心情也好，吐字的节奏很好听。一身乌衣，脸白皙，双目清朗。伯牙感觉他是琴师的正版，就像田子方是个画家一样。

坐在正中的子垚开口了。伯牙这时觉得他长得像孔丘。

"鸟没头脑，它自己不知道在叫什么。琴是人弹出来的声音，人弹出来的声音，人不知道，人何以为人乎？公孙兄以为如何？"

"是也。琴声是人心诉说，诉说的规则要指定。不然何以教化天下学童？"

白乙是子垚的弟子，后起之秀，胖胖的面孔和身材，音容笑貌有眼缘。伯牙觉得他像宰予。伯牙没见过宰予，他只是这样觉得。

公孙狙和蔼地笑了。他觉得教化的事和自己关系不大。

姬臀在一边叫了起来："鸟叫声已被鸟叫去了。琴是人心在叫。人心叫些什么，可能听清楚吗？可能听懂吗？"

姬臀长发飘飘，一身白衣，青春偶像的感觉，伯牙觉得他像个刺客。就像在易水边歌唱的高渐离。

四大天王讲话时，底下粉丝都正襟危坐，鼓掌。只是从掌声的多少、高低和缓急中，可以分辨出各自的粉丝数量。

伯牙失神地看着。

接着是听琴了。

四大天王各弹了一曲。

伯牙感动，伤感。

那些伟大的琴声，都被弹得像琴声一样纯净空明。四大天王生在纯净空明的年代。他们实在对得起那个年代。能够把琴弹得这么像琴，他们无愧是有关琴的四大天王。伯牙这么想。

伯牙甚至坚信，这些琴声如果不流传下来，该是这个年代的伟大遗憾。

只是琴声像琴声就好了吗？不是刚才还在说琴声是心声吗？琴弹得像琴，和人生有什么关系呢？

伯牙浮想不已。

子垚起身请伯牙弹一曲。请了三次，伯牙才缓过神来。

伯牙弹了他一曲还没有曲名的新作。

听众突然有失礼仪。

子垚一如既往地大呼："原生态！原生态！"

白乙也是这样欢呼："原生态！原生态！"

公孙狙仰面浩叹:"琴也可以这样弹!"

姬臀瘫坐在地上,指着伯牙,很帅气地甩了下长发,对着全场叫道:"他有种!不把琴当琴!"

全场的粉丝,没弄清楚自己的偶像说了些什么,或攥紧、或放开手中的鸟笼,一个个成了泥塑木雕,不能动弹。

空空鸟笼。鸟呢?早已撤出人间的这个场子,不知道飞到哪里去了。

伯牙坐实了自己心里空空的感觉。他和鸟一样,也撤了。

又是一天一夜,一个人静静地行走,咽着溪水和狍子肉,回到了他很少人烟的溱山深处。

这回,他又坐在了他的那棵梧桐树下。这棵梧桐树,是他七八岁时种上的,那时才拇指那么粗。他获悉琴是用梧桐木做的。

四周只有花鸟山水了。他张大着眼睛,看着远近的声音。自己又和自己周旋起来。

"鸟叫很好听吗?"

"好听。"

"听不懂啊。"

"是。"

"琴也好听。听得懂吗?"

"……"纠结的他又一次失语了。

他又问自己:"琴声是琴声,还是心声?"

这回他毫不犹豫地回答自己:"是心声。"

他第一次感觉到了自己的孤独。在没认识子亘他们以前,他没感觉到孤独。在认识了子亘他们,看到了他们关于琴的议论,还有他们的琴声之后,他分明感觉到了自己的孤独。好像来到了黄河的源头,来到了泰山的南天门,他突然感觉到这河这山并不是他心目中分明存在着的他的黄河、他的泰山。他的黄河、他的泰山在哪里呢?他的黄河、他的泰山"一定不是泡影",他这样肯定地对自己说。

山里的天气变化很快。刚才还是晴天,一下子乌云密布。大雨接着就到了。风势也大了。四周山上的黛色苍翠澎湃起来,闪电撕开天地,点着了远山的雷鸣。伯牙感觉一种快感,一种终于释放的快感。他弹起了他的琴,思绪像四周的山,在奔赴,在盘旋,在汹涌,在翻腾。伯牙,看惯了山。他感觉,大动大静才是山。大静的山,就像心。大动的山,就像心的声音。山中的风雨雷电,就是他心中的诗句,他要用他的琴声把它歌唱出来。

这是一个伟大的瞬间。当人间,天地间,一位最伟大的操琴者,在风雨雷电大作的伟大瞬间,他感到了孤独,一种彻骨穿心的孤独,他痛痛快快,显露无余地把自己孤独的心供奉在天地之间,供奉在让他孤独得几近窒息的人间,谁能怀疑,这不是一个旷世无双的充满琴声,不,是充满心声的伟大呼吁?

他太孤独了。伟大的心声被孤独起来,这合乎天道、地理和人情吗?

他的孤独的坚壳被打破的机会还有吗?

一个人在风雨雷电中出现了,他的泪水从他清澈透底的眼睛里哗哗地流下来,他听到了伯牙的琴声,他听到了伯牙的心声。

好些次,他听到了伯牙的心声,他不敢相信。他不相信,自己一个不识字的樵夫,能够听懂伯牙。今天,在风雨大作、雷电齐鸣的时刻,他确信自己听懂伯牙了。他相信:他听到了伯牙的心声,就是听懂了伯牙的琴声。

伯牙张大眼睛,看见泪流满面的钟子期欢快的哭声。

他感觉五雷轰顶。远在天边,近在眼前。他三十年寻找的知音,原来就是钟子期。

钟子期说:"听不懂先生弹了什么。只是听到先生的琴声,感觉先生的心跳,心里很痛,也很快乐。"

云山流水 丁未 陈团栗

伯牙说:"看见你泪流满面、你的话,我很快乐。"

接下来是伯牙和钟子期一生最快乐的时光了。

他们一起登上溱山,又是一场大雨,两人在大岩石下面避雨。伯牙突然悲从中来,弹起了琴,说要弹出大山崩裂的声音。钟子期笑了,"先生生来有不知名的悲伤,哪是大山崩裂可以排遣的?"伯牙被他说中了心事,不禁破涕为笑。

他们来到溱山巅峰,远远看着黄河,不分昼夜,向东流去。他们看了好几天。原以为伯牙会很快乐,那里天高地厚,群鹰翱翔。伯牙还是感觉到了伤心,他弹琴了,弹出了一种永恒的伤感。钟子期淡淡地说道:"这会儿在山里,太阳快下山了。"伯牙看着钟子期。惊喜他的淡定,钦佩他的大道从简,带着自己从琴声回到了心声。

好景不长。或者说,人间好的景致,像人的性命一样,因为好,所以不长。

钟子期一病不起,到了永别的时候了。

他以一个义工的身份,口头数十次提交伯牙操琴的考察报告,让他在琴界获得了很高的声誉。在他弥留之际,四大天王都到了他卧榻跟前。

子垚问他有什么嘱托?

钟子期说:"要保存伯牙的琴谱。保存伯牙这个操琴者的心声。"子垚含着泪说:"一定办好。伯牙可能是几百年后的天才琴师,他生错了年代。"

钟子期用了最后的力气,一个字一个字地说:"伯牙属于我们。几百年后,后人会嫉妒我们。"

大雨滂沱,在蜿蜒的山道上,抬了三个小时的灵柩。

钟子期被葬在了溱山峰巅,可以看见黄河的南面山崖上。伯牙弹起了他的怀抱了几乎一生的琴,自己第一次边弹边唱:

高山流水,流水高山些。溱山呜咽,呜咽溱山些。
峨峨洋洋,洋洋峨峨些。山阿无绪,无绪山阿些。
知我无君,无君知我些。呜呼哀哉,哀哉呜呼些!

伯牙连连唱了三遍。突然站起身来,把琴从山崖上摔下万丈深谷。

子垚、白乙、公孙狙和姬臀,都呆在了那里。

雨势更大了,风雷激荡,就像伯牙的那把自己斫的梧桐木琴,弹奏着伯牙的心。

子垚是个极具良知的人,他亲自整理了伯牙的生平和琴谱,并把它留给了后世。只是,在说到伯牙和钟子期的知音佳话时,失误了。以为钟子期被伯牙认作知音,是因为他从伯牙的琴声中听出了高山和流水。其实是,两人曾经对着高山、流水,弹琴交心,玩得很快乐。

2013.6.11

献璧

献璧

卞和这几天左眼皮跳得厉害。问了神神叨叨的阿姐寄香,说是"跳财"呢。家里好些天碗里没荤腥了,还会有财跳到碗里来?荆山被掏得很空了,还有好玉等着去采不成?卞和哪里会信。

懒得翻了个身,突然愿意信了。七天前,隔壁的绺儿还真采了块玉来,小,质地还真不错,做个耳坠可以很绰约。砣了个孔,豆蔻给玉穿了条线,缠在手指上甩出圆圈去。日光里,那玉莹莹地,有些相貌。

决定起身,上荆山。胡乱擦了把脸,背了个包裹,郎当走去。黄昏的山道上,秋树的身影婆娑,他的身影斑斑驳驳。

进了摸鱼洞。

半醒的绺儿抹了下眼,乐了,"前辈来了。嘻嘻。"

"睡吧,年纪有了,上来累了。"

月已西斜,透进一束光来。卞和还真感觉有点累。

摸鱼洞真可以摸鱼。

摸鱼洞里一条摸鱼溪,深不见底,溪水清洌洌的,鱼儿四散着穿溪游弋,下手准的,真可以摸上几条来。秋天了,溪水不见浅显,鱼儿往溪底游了。洞里水汽还是有的,深深的溪水下,玉呢,还会有吗?卞和做着梦,看见自己抱着玉,两腿站在溪水里。忽然,扑的一声,这玉跳到了溪水里。

天亮了。洞口的月光不见了。

卞和睡到第二天黄昏才醒来。

月亮升起来了,卞和出了摸鱼洞,沿着山溪,一路走去。

他习惯在月色里采玉。也就是他一个人着意在月色里采玉。

方圆几十里地的荆山,布满了溪流,像一张网一样,方圆十几里地,满山满谷地流淌。

绺儿赶紧跟上来,踢踢踏踏,大脚掌拍着碎石。

"别出声。会惊动玉的。"卞和头也不回,低声嘱咐。

绺儿呆了,"玉会知道?还怕烦?"

卞和头也不回。

绤儿听见了自己的呼吸声。

走了两个时辰，影影绰绰里，绤儿看到卞和微微摇了摇头，回身就走。

绤儿也不问，跟着回头。

"睡得这么沉，连梦话也没有。"卞和自言自语。

绤儿也不问，他知道卞和在埋怨玉。

第二天，另一条溪汊走了一个时辰。还是回头。身后是两条长长的身影。

第三天也是，又选了条溪汊，还是听不到玉的梦呓。

第四天、第五天，都回头了。月色冷冰冰的，绤儿觉得。

终于心冷。第六天天蒙蒙亮，才迷糊了一会儿，绤儿就撑起身子，和弃臼、嫘介一伙一起出发了。

"不跟前辈了？"嫘介笑着说。

"他有回头的勇气，五天五回头。我泄气了。"绤儿笑着说。

弃臼有些伤感，"周有砥厄，宋有结缘，梁有悬愁，好玉出现三次了。古话说，好事不过三。难为前辈了。"

"命不如人。这么厉害的前辈，可惜命薄。嘻嘻。"绤儿笑得有点异样。

> 献 璧

嫘介径直走去,不再说什么。

第六天月夜。

卞和一个人沿着第六条溪汊,郎当地走。一个时辰不到,他突然站住不走了。

他不敢相信自己的耳朵。

他滚身在地,耳朵贴着溪边的软土,屏息细听。不一会儿,双泪涌出,哭出声来。

月色下,出神地寂静。溪水流过,流水和沙、石、草、鱼相遇,自然会有不同的问候。和玉呢?相互问候的声色,也是不一样的。卞和听多了,内心就有了知己感。久别重逢,这感觉人人都会付出泪来。何况这一次他是听到了玉的最好的声音:玉振金声!

竟然玉真可以发出青铜般的声音。

竟然是他,听到了玉发出的青铜般的声音。

他心中狂喜。这是怎么也不过分地可以称之为他的伟大的一天。

他不会忘记,是这一天,他听到了伟大的玉的酣畅淋漓的鼾声。

他还不会知道,是这一天,他注定要成为伟大的卞和!

卞和涉水往溪水中央走去，到了他感觉是出现玉的伟大声响的地方，蹲下身来，在溪水深处摸索着声音的出处。

在这儿！他的左眼皮完成了最后一跳。

他的双手从溪水中捧出皇冠大小的一块璞玉。

他这时还来不及去想，他手中所握，接下来会打翻一顶顶傲慢的皇冠！

楚厉王下了朝，凌弗和符奚跪在那里请安。

"有什么好吃的？什么好玉？"楚厉王照例问。

"有啊，大王。燕翅虎颔凤酱面。"凌人凌弗说。

"好玉还是怕见大王呢！请大王恕罪。"玉工符奚说。

"爱卿平身吧。"楚厉王神采奕奕，看着两位爱卿。

宫廷里，有两类臣工最有面子，就是凌人和玉工。

凌人是负责冷藏酒肉食品的。冷藏库，其实就是地窖。只是，冷藏到保鲜的程度，就是技术了。这技术是家传的，这类人也就有着自己的姓，就是"凌"。以自家宝贵的技术，博到一个姓，太有面子了。这类人也被称为"凌人"。凌人在以后的千百年里，没出过什么厉害的人，也就三国里东吴的二流将军凌统吧。之后还有个二流的小说家凌濛初。

那当口凌家老大就是凌弗。六十岁上下，奇瘦，一双眼睛突出了眼眶，像悬着两个灯泡。

还有一类是玉工了。手艺人，雕琢玉的。玉是什么啊，玉是精美些的石头。卞和那个当口，石头做的首饰，已经老套了。石头用来礼天，也已感觉粗鲁了。玉呢？比石头好些。说实话，那当口也没好到哪里去。特别好的有，极少见。极少见了，富人家也不便有了，是要贵胄府邸才可能有，最好的，当然是王才可以有。这样说来，宫廷里的玉匠就不是常人了。雕琢最好的玉，礼最高贵的天，给最金贵的王，这类人自然最有面子了。

楚厉王手下的最有面子的玉工，正是符奚。六十多岁了，胡须才擦出几点银白。都说他是被玉养着的，寿而康的相貌。符老爷子清早刚吃了一海碗鸡酱面。

凌弗和符奚，一个管着楚厉王的胃，一个管着楚厉王的魂。都是非同小可的主。

楚厉王偏爱凌弗。他对胃的听从，许多时候超过了对天的恭敬。

这会儿，肚子咕咕叫了。楚厉王伏在龙书案上吃他的鱼翅虎颔凤酱面。做王辛苦。每天起早，上朝，和市井里卖豆浆、赶早汛的百姓还真差不多。

撩起第二筷鱼翅，太监莫雨圆鼓鼓地滚了进来，尖声叫着："大王，卞和进玉来了。"

王把鱼翅放回了碗里。

他是亲民的王。卞和虽说年轻，江湖上名气已经有了，玩玉界排得上三十来号。再说礼天的玉璧，关系家国安危。玉就是家国。他做王的，按理也不能怠慢的。

"请进来吧。"

楚厉王保持着一贯的低调。只是肚子有些难受。半饥半饱，对王来说，这滋味少有先例。

卞和捧着他的那块玉，跌跌撞撞扑倒在了王的跟前，"大王，卞和来献稀世美玉了！"兴奋得有些失常。

楚厉王第一次见到卞和，高高的身材，高高的鼻子，眉宇间一股英气。王印象不错。

莫雨递上那块璞玉。

王看了看说："这块平常的璞玉，怎么就说是美玉？"王见过的美玉还是不少的。

"大王，这璞玉雕琢出来，一定是块稀世玉璧！"卞和语气还是很急切。

王命符奚看。

"符奚前辈，这是不是一块美玉啊？"卞和看着符奚，眼睛在畅快地笑。

莫雨一边喝住："卞和不得多言！"

符奚看愣了。符奚是玉界伟大的领衔者。符奚蒙眬中感觉到了这块璞玉，和他经验里的美玉别样的气场和力量。符奚倒吸一口冷气。可他真不能凭经验认它是美玉。对王的忠诚，对玉的敬畏，教他不能下出超出他经验范围的结论。

没有太犹豫，符奚上前一步，拱手说："禀大王，不能说这是稀世美玉。"

王很不快。

他平了下心气，对卞和说："你回去吧。"

"不！大王，这真是一块美玉啊！"卞和深深地跪在地上，不肯接过莫雨递回的璞玉。

王怒了。王对于符奚的敬重，造成了他相信卞和是个浪得虚名的江湖识玉家。

"下去吧！"

"不！大王，这真是一块美玉啊！"

"你敢抗王命？不怕死？"王站起身来，对着卞和厉声说。

符奚在一边连连对卞和说："快走吧，快走！"

卞和死死跪着，连连叩头。双膝像生了根。

"大王。卞和死也要说这是美玉！"

"拖下去，刖了左足。"王说完，拂袖去了。

"卞和感谢王恩！刖了足，也要说它是美玉！"卞和哈哈大笑，捧着璞玉，受刑去了。

符奚长叹了一口气，心里有些难过。

临刑时的卞和，仍然哈哈大笑。那是个对酷刑习以为常的年代。卞和冒犯了楚厉王，最后以刖足收场，实在算是个恩典。

只是卞和发自内心的大笑，还有更充足的理由。他感觉到了发自内心的快乐。他忽然发现，在楚国，甚至是符奚也不如他识玉。也只能是他，发现了可以和"周之砥厄，宋之结缘，梁之悬愁"同样稀世名贵的、只属于楚国的美玉"和璞"。

卞和被刖了左足。

他拄着杖，开始在荆山的溪水边垂钓。他从此捕鱼为生。他不再采玉。他采玉采到了孤独求败的地步。这个地步，该是金盆洗手的时候了。

他的阿姐寄香笑他提前痴呆了。他笑笑。他觉得和她说不清楚。只有在半夜里，在月光照在他脸上的时候，他感觉到了眼泪的凉意。冰凉的眼泪流过他的双颊。

过了十年。楚厉王死了。楚武王即位。

卞和感觉他的那块最有身份可以礼天的玉和天近了。

他拄着杖，胸口揣着他的那块玉，蹒跚着来见楚武王。

楚武王和先王不一样。他偏爱符奚。他对天的敬畏，远远超过对他的胃。他更想做个有道的王。他在攸关家国的伟大时刻，总要祈祷上苍。他期待一块天下最名贵的礼天苍璧。他即位时候就说过，他要做个有道的王，用生命去等待美玉的到来。

卞和来了。还是奉上那块十年前得到的璞玉。

楚武王感觉受到了戏弄。十年前的那个故事，他听过无数遍。他也有心在以后的日子里，见到故事的主人公卞和。现在他见到了，心情却不愉快。他渐渐认定卞和真的痴呆了。

符奚也年长了十年。卞和和他的璞玉，折磨了他十年。十年对当时的楚人来说，是生命的很大部分。一个原本的智者和有力量的人物，再也没有涉险和回头的勇气了。

"禀大王，不能说这是稀世美玉。"他一字不差地说出了十年前的那句老话。

楚武王同样怒了。他看着毫无悔意的卞和，强按着怒火，同样说了句："刖足。"

卞和越发大笑了。他比以往任何时候更感觉到了自己生命的重要性，"楚国到今天也没有像我这样懂玉的人！"

他骄傲地最后一次站立着,尽情赞美自己。

刖了右足。拐杖用不着了。他匍匐在地,揣着让他失去双足的玉,气喘吁吁,血汗淋漓,爬回荆山边上的家。

沿途的街巷,孩童唱着歌谣:"荆山楚楚,其人得玉。和璞楚楚,其人如玉。"卞和回头看去,孩童一哄而散。

寄香哭了。这个没心没肺的阿姐,感觉到了心肺好痛。她不断提醒和安慰自己:弟弟已经疯了,他本人并不痛苦。

卞和没事能干了。采玉人家少不了散落的碎玉。卞和靠碎玉买醉。绺儿时常送一些摸鱼溪的鱼来,作为下酒的新鲜。

"弟兄们都相信你是对的。可惜最好的玉,要最好的命去撑。咱没好命啊。"

绺儿看着烂醉的前辈,哭了。

卞和笑得烂醉,"这鱼头好肥。好吃。"

不知过了几个时辰,喝了几坛酒。卞和睡了。蜷曲着身子,抱着玉。

荆山下雪了。窗外满是凝聚的雪,就像泪眼里晶莹的玉。

又是十年过去了。楚王家的王位,传给了楚文王。传说这个十六七岁的毛头小伙,青春才刚刚发动,很明媚的眉宇,不失王者的气度和风雅。

烂醉里惊醒过来,卞和竟然不笑了,而是嘤嘤地哭出声来。

绺儿懵了,"怎么就哭了呢?"

"原以为不会再去楚宫了,原以为接着是抱着玉,终了性命。可惜,被楚武王死在了前头。这是天意吗?老天要我这个死不了的废物,再度蒙羞!"卞和匆匆回答。

"你可以不去啊。"

"楚国最好的玉,该是楚王的。我怎能不去?"

寄香哭了,"这次去,怕就回不来了。"

"哦。真能死。就不蒙羞了。"卞和又弹去一遍泪。

卞和决意先去一次荆山。他要告别荆山。

荆山有他的足迹。除了荆山,其他的路途,有必要留下卞和的足迹吗?他暗暗问自己,感觉浑身轻松。

绺儿推着木轮车,坐着卞和一路前来。

荆山的溪水、草木,他太熟悉了。熟悉得像自己手掌上的纹路。

一只翠鸟,叫着,飞过他的眼前,停在木轮边上。眼睛睁得圆圆的,眼黑悬在中央,四周是清澈的眼白。痴痴地看着自己，一定是忘记了以前的时光。

足迹依稀还在。他的身影呢？鸟儿都忘了，还能指望有人记得？荆山原本是鸟多鱼多，人烟稀少。

天暗了下来。山路窄了。木轮车没法往前了。绌儿背起卞和往前走。二十年了，卞和老了。当时风流倜傥的男儿，现在不成样了。绌儿感觉背上没什么分量，不禁鼻子发酸，落下泪来。

歇了两回，他俩来到了璞玉出水的那条溪边。卞和从绌儿背上扑了下来，匍匐在溪边软土上，放声大哭起来。

这块不知名的地方，以后也不会知名。英雄不问出处。美玉也不会有人问一问出处的。可就是这个不知名的地方，透露了卞和的命相。二十年了，卞和活得像鬼一样。二十年前他鬼使神差地来到了这里，从那一夜开始，连同他自己也鬼使神差起来。二十年了，他走过自己，性命已经像风中的烛、锅里的鱼，来日无多了。

卞和哭得昏了过去。三天三夜，昏天黑地。

七天七夜，黑地昏天。

卞和就是一个哭字。哭得双眼溅出血来。

第八天近中午的时候，一个尊贵的人，来到这一条注定不知名的溪水边，卞和的身边。

他就是楚文王，和传说中一样出色的楚文王。

"老人家，要这么伤心吗？"王说。

卞和忽然清醒异常。"大王恕罪！卞和是要进宫见大王的。"说着，他挣扎着想直起身子来。

"不必起身了。"王阻止了他，"老人家，刖足也不是大刑，为什么还这么伤心呢？"

"大王恩典！卞和不是伤心刖足，是伤心美玉不能事王左右啊。"

王长叹了一声，"你和这块玉，二十年来成了楚国的一件人人知道的事。今天能不能有个了结呢？"

卞和一字一顿地说："大王。这真是一块稀世美玉，是楚国的宝啊！"话音没落，他又痛哭起来。

王转身对符奚说："爱卿再看一下。"

符奚二十年里，第三次看这块璞玉。

符奚年过八十了，依然神清气朗。他站在一边很久了，看着年龄上比他小近三十岁的卞和，内心感觉一阵阵歉疚，面容一下子憔悴了许多。

玉还是这块玉，还是这么让他捉摸不透。

到他这个年龄，什么都已经不重要了。可他还是讲了一句他经验范围里的话，一句说过了两次的老话："禀大王，不能说这是稀世美玉。"

这是一盘棋的话，接下来楚厉王、楚武王，做出了同样的应对。

谁知，楚文王不这样下了。

楚文王问："为什么不能说？"

这一问迟来了十年、二十年，符奚仿佛被点醒了，他很快回答："美玉无瑕。"

王笑了。说："那就请符爱卿琢出来看吧。"

符奚笑了。

寄香开心得哭出声来。

卞和在地上打了个滚，匍匐在溪边的软土上连连叩头，放声大呼："大王恩典！玉归大王，卞和死而无憾了！"昏了过去。

符奚琢了三个月，琢出了一块玉璧。美玉出落了本相。果然和传世的美玉砥厄、结缘和悬愁不同，极美好的质地，竟然出落成一种浑朴的美。符奚终于明白，他的经验以外还真有别样的美玉。美玉无瑕。这是一种瑕吗？符奚说服自己，这不该是吧？

他以这样的判断回禀了楚文王。

卞和被宝马好车请到了楚宫。

蒼璧禮天 乙未 陳鵬之朱

楚王见了卞和，满心欢喜。说："卞爱卿，二十年始终不渝，贡献稀世美玉。楚国和历史都会记惦爱卿的恩典。"

他让卞和坐下，继续说："周有砥厄，宋有结缘，梁有悬愁，今天楚也有了美玉。寡人赐名'和璞'，也名'和氏璧'。爱卿美名和美玉一起世代流芳。"

"'和璞'、'和氏璧'，'和氏璧'、'和璞'。"卞和喃喃地说着，听不见王又在说什么了。

卞和见到了玉璧。卞和大惊。这玉和他二十年来始终认定的稀世美玉有差池。美玉无瑕。卞和过不了这个坎。

符奚说："祝贺你！稀世美玉！楚国之宝啊。"

卞和问："前辈一直以为它有瑕？"

符奚说："是我经验不够。没法理解它的美。"

卞和停顿了许久，仰天长叹，喃喃地说："我以为我最懂玉。今天才知道不及前辈。"说罢，吐出三升鲜血，与世长辞。

这天以后，很久很久，沿途的街巷，孩童传唱着这样的歌谣："荆山楚楚，其人得玉。和璞楚楚，其人如玉。"

2013.7.8

巡 西

造父最后咽下了两个熊掌，打了个饱嗝，背起一大口袋吃的，踩着大步哼着歌出来。穆天子的御厨在后边的车队里，他天天来。

大口袋像蒙了个车轮大的石磨，看上去就很沉。

造父是史上第一个车夫。他做车夫是赶早了，那时候的车夫还真是重体力活。

造父正载着天子去完成一次远巡。昨夜他掰遍手指，算了大半夜，很确切地报告了自己：从宗周出来快两年了，他驾的车至少已驶过了八万里。

先是越过太行山向北，后又蹚过河套向西。

天子在渗泽捕获了银狐和黑貉，在阳纡山祭了河伯，在休与山见过帝台，谒昆仑山黄帝宫殿，过赤乌国接受了美女轶蛮和离娥，在春山见了奇禽异兽，过黑水封赏了长臂国人，之后在群玉山采玉。途中的山水关隘哪里数得了，怎么也比帐子外的蚊子多。

　　造父个高,眼睛像两个铜铃。黄乎乎的瞳仁,像赶不走的黄昏返照,很好看。据说这样的眼睛,赶夜路也跟白天一般。

　　造父为天子找来了八匹马。这八匹马,原是夸父山上的野马,祖上是先王的战马,血脉在那里流着,想掸也掸不去祖上的勃勃英气。

　　有幸又成了天子的龙马,就该有大名了。统称"八骏",各自的名儿自然也光鲜和伟岸,而且不止一个。

　　一套名儿是说外表的"色"的:"赤骥,盗骊,白义,逾轮,山子,渠黄,华骝,绿耳。"赤、黑、白、青、灰、黄,还有黑红和青黄。五花八门,光怪陆离。这色色的天子气,庶民连小觑的想法也没有。

　　另一套说内在的"空":"绝地、翻羽、奔霄、超影、踰辉、超光、腾雾和挟翼。"这空空的天子命,其实连天子本人也被坠落在云雾里。

　　造父的活,也是他的本事,就是驾着这八匹色色空空的马,载着天子,穿行和存活在风雪云雾里。

　　今天,离开群玉山。听伯天说,前面是太阳落下的崦嵫山,天西边的尽头了,那里住着西王母。那里也就是这次远巡的返回点。

崦嵫山上的西王母,打开瑶池上的绮窗,眺望着东边,莞尔一笑,等待着天子的到来。

造父相信伯天是个伟大的向导。没到过的去处,他都知道在哪里。八万里路,走到现在,还没有半步冤枉路。伯天的缺点也明显,个太小,分量太轻,出车时他坐在造父的右侧,就像腾空的云雀,害得造父老留心车轮是否会左偏。

三千里路,到第二天子夜,天子到了崦嵫山。
突然,崦嵫山满山大放光辉。三十六层玉阶,晶莹的光辉从上而下流泻。
造父叫了起来:"天子,下来了一个神仙似的美人。"
伯天笑了,"就是神仙啊。西王母!"
天子抬眼看过去,惊了。天子眼力不好,看到的人间,总是一个蒙眬的大概。这一刻,突然看清了跟前的西王母。他觉得女人就该是这样子,这样的容颜,这样的眼神,这样的气息,还有该在这样的地方。他觉得他认识她,而且认识了很久很久。

西王母也呆了。她预见了天子的来临。预感到天子的气息,一种可能让她动心的气息。但她还是看呆了。

西王母发现天子是个伶仃漂泊的男人,一个好像没家的男人,一个大孩子,一个可怜的人。天子的眉间一片蒙眬,她看出了他深深的寂寞,还有淡淡的哀伤。

"见过吗?"天子缓缓说。

"见过吧。"西王母看着天子的眼睛,温柔地说。

西王母太美了。发髻青青的,拢向脑后。步摇闪着光,双眼放着光。冰雪一样的衣裳,配着豹皮的小袄。神仙的美,美得没有道理。天子五十八岁了,早过了知天命的年龄,隐约感觉到了天命的眷顾。西王母看上了孤独的天子。她知道,孤独,除了天子,她也是。

天命,有时候明白无误。从这一刻开始,一切都不可避免。

天子让铁蛮和离娥献上了白圭玄璧,还有锦帛和素绢。

西王母走上前来,亲手搀天子下了车。

瑶池。天子开筵宴请西王母。无穷年来,第一次,西王母在瑶池成为宾客。

昆仑草、大蟠桃,千秋露、万斛春,仙阆芷兰、人间环佩,鼓瑟吹笙,歌舞不止。

天子醉了。之前,他从不喝酒。

西王母从来喝不醉。今夜,她也醉了。

天子奉上的酒,她把它浇进了瑶池里,"一醉方休,瑶池也得喝,也得醉。"

天子笑了,放声大笑。之前,天子从不大笑。

西王母起舞,唱起歌来:"白云在天,山陵自出。道里悠远,山川间之。将子无死,尚能复来?"

西王母唱到第三遍,停下了舞步,"请别死去,可能再来?"两行热泪滚落了下来。

她是神仙。她知道人间的生命并不顽强。岁月和路途,都会让人无奈辜负,生出倦意。生死又是件随时转变的事。尤其是天子这样飘忽的生命,重逢真的是好难。

山上方七日,人间已千年。她实在定不出一个后约的日期。

天子也哭了,他也唱了起来:"予归东土,和治诸夏。万民平均,吾顾见汝。比及三年,将复而野。"

天子很勇敢,他说出了"三年为期,重来相见"。

西王母泪如雨下,问:"三年?山上的三年,还是人间的三年?"

天子说了:"'一日不见,如隔三秋'。三年,就算是山上一天吧。"

"等你重来。"西王母泪流不止,站在舞池中央,双眼直愣愣望着天子。

残月西斜,盛宴散了。西王母邀天子游崦嵫山。

西王母让人从天厩牵出两匹神马,一匹叫伏虎,一匹叫谢豹。伏虎,天生两排虎齿。谢豹,天生一条豹尾。

西王母对天子说:"与君分乘上山?"

仙姝琼瑶,在一边笑吟吟的,说:"西王母从不骑马,今天是第一次想骑。"

天子回说:"甚好。"

天子跨上伏虎,西王母骑了谢豹。

在众仙群臣的簇拥和欢呼声里,摇鞭上山,一眨眼,就不见踪影了。

崦嵫山大得没边,没影子。太阳每天落在山里,这太阳怎么就没一点脾气,一点声响,一点动静?太阳躲在了山的哪一边?怎么整座崦嵫山还像冰窟那么冷?太阳睡觉的时候,是透心寒冷,是肝胆冰雪?天子不知道。

他问西王母。西王母笑了。西王母的笑容,竟是那么灿烂和温暖。天子笑了,他再不感到寒冷,西王母这时候就是太阳,他的太阳。

西王母放慢了谢豹的脚步，靠近天子。伏虎也踱起步来。

西王母缓缓地轻唱："徂彼西土，爰居其野。虎豹为群，於鹊与处。嘉命不迁，我惟帝女。彼何世民，又将去子。吹笙鼓簧，中心翱翔。世民之子，惟天之望。"

西王母唱得很哀伤。天子看着她，感觉心如刀绞。

伏虎和谢豹，耳鬓厮磨，发出悠长的悲声。

山还是那么安静，高高的山巅，把天地拴在了一起。

西王母对天子说："我来这里许多年了，这里人烟稀少。我和虎豹鸦雀相处，我知道虎豹鸦雀的去留和悲喜，它们却不知道我的前世今生。"

"我也和虎豹鸦雀一样啊。"天子说。

"我是天帝的女儿，我不能离开这里的。可惜你要离去的。离开这美丽干净和孤独的地方。"她迟疑了一下，低下头来，"还要离开我。"

"我的祖先曾在这里生活，后来迁移周塬。先王伐纣成功，进入了宗周。宗周成了我的故里。"天子接着说，"你是我见到的最美的女人。我老了。可我只要活着，三年后，爬也要爬回这里来看你。"

"你不能死。你属于你的故里，也属于我。"西王母抬起头来，双眼睁得大大的，毫不羞涩地望着眼前的这个男人。

崦嵫山巅的风，极其爽朗。云也富有绚烂的喜气。众神和群臣都上来了。在东面的山坡上，天子刻骨铭心的纪游文字，被刻在了石碑上："乙丑，天子觞西王母于瑶池之上，游西王母之山。"在一块参天的巨石上，天子亲自题写了"西王母之山"五个大字。

刻在神山的文字，不会漫漶。可西王母的心当时就漫漶得说不清了。她开始害怕自己所有的神的感觉，天子心的痕迹、手的遗泽都在了，天子这人还可能永久吗？

纪游碑和巨石周边，有八棵同样参天的大槐树。

天子也种下了一棵，他默默祈祷在他有生之年，这棵槐树也能长成参天大树。

"九"，是天子心中最大的数字，他以这个"九"字，护佑他和西王母的重逢。

西王母在一边为新栽的槐树壅土，她的泪水流进了土中、根里。

天子在崦嵫山待了不到三个时辰，花去了他生命中的二十七年。

这三个时辰，西王母发现自己会哭，会流泪。

临别的时候，在人间的年纪，天子已经八十五岁了。

西王母送了他心爱的伏虎。

谢豹在山口，远远对着伏虎长啸。伏虎欢快地回应。它俩是神马。时间和空间对它俩来说，都不会成问题。

天子解下自己身上的玉佩，回赠了西王母。这是一个鱼形的玉佩，一点天然的朱砂色，正好是鱼的眼睛，哭红了的鱼的眼睛。

返回途中，天子不太说话，在车里打盹。所有的关隘，他下令能绕的都绕过去。

这是一支错过了时间的车队。一群耽搁了二十七年，没能变老的人，只有在高山大川边经过，才相信什么都没有改变。连同天子在渗泽捕获的银狐和黑貉，美美睡了一夜，睡去了二十七年。这一夜，它们睡成了各自玄孙辈的玄孙了。

宗周，岿然不动。还是天子的庙堂和故里。

只是后宫的妃子都老了，许多都不在了。皇子也多老了，好些也故去了。

造父和儿子一样年轻了，街坊说，他俩可以称兄道弟了。伯天是单身,他的母亲长寿,他看起来像是老人的孙儿辈。他很开心,他母亲更开心。谁家母亲不希望孩子过得好,活得长久?

天子殿前的玉石门当,龙爪麟角,微微有了破损。御花苑里丰腴的龙马,已换了两茬。成林的香樟、银杏、松柏,都是极盛的气象,空苍晴翠,天子当年孤诣图治的往事,坊间的说书人,好像也不在意了。

二十七年,人间改变了许许多多。

时间改变了空间,天子被流落在了客地。天子的眼力还是不好,这让天子的心,还静静地躺在往事里。

深深的庭院里,一只不知名的小鸟,明媚地叫着,天子听着,听着,感觉这叫声好遥远。

西王母打开临着瑶池的轩窗,痴痴地看着池中的莲花发呆。满池的红莲花,被她都看成荷叶了。在西王母的色彩里,只有天子赠她的玉佩上的那一点朱砂,才是红色的。

"度日如年。""一天不见,如隔三秋。"原先感觉妍媸的词句,一一刺破了西王母的心。满心欢喜,满心快乐。西王母不明白,欢喜和快乐了,为什么心会那么痛,泪会流出来。

> 巡 西

琼瑶在她身边轻轻唤她:"天色晚了,下雨了,雨丝飘在你身上了。"

西王母问:"宗周也在下雨吗?"接着她自己答了,"应该是吧。应该也在下。"

她双手摩挲着玉佩,一会儿失神地说:"玉没终期,人为什么不能永年?人,这么美丽的生命,为什么要消失?"

琼瑶轻轻说:"人的生命实在太美丽,太美丽了还永久,天地都要嫉妒的。"

"话是这么说,天理也是这样……"西王母说不下去了。

下雨天,瑶池的空气更滋润了。玉佩上鱼的红眼睛,伤心得像要哭起来。

二十年过去了,宗周出现了盛世的景象。这天,天子觉得身子不适。一瞬间,他冷汗直流,内心害怕了起来。他想起了一个原本在他心中一直担着的约定。他的眼前出现了西王母的容颜。他轰声站立起来。他一百又五岁了,他的大限无限接近了。他要离开宗周,他要回到西王母的身边。

造父和天子的八骏,都老了。所谓"老态龙钟",第一次是否指的是造父和八骏?

天子要去崦嵫山。造父和八骏,都感觉到了史诗般美好的天子的召唤。造父是史上第一位有记载的车夫,八骏是史上第一个有关马的伟大传奇。对造父和八骏来说,伟大的路途,注定是自己最后的归属。还有伯天,和二十年前的差别不大,只是现在会重重地坐在造父右边的那个座位上了。他已无牵无挂,最后的念头,就是半躺在他的座位上,在天地中间,用手指向下一个伟大的去处。

只有伏虎,依然年轻。它是不会死的瑞兽。二十年的岁月,对它来说,就像打了个喷嚏。

天子大限将到。他要乘坐伏虎开路、造父驾驭、八骏用命的一辆车,沿着伯天所指的最近的路,争分夺秒地赶往崦嵫山。

除了伏虎,造父、伯天,还有八骏,血脉都极度开张,期待着很可能是最后一次的天子远巡。

天子很清楚。他和西王母三年的约定,其实就是一天的约定。西王母的一天,就是人间的百年,天子的一辈子。

天子花了人间的二十年,完成自己对宗周的承诺。这一刻,他要赶去见西王母,他只是离开崦嵫山,离开瑶池,离开自己的爱人,不到半天的时间。

男人的哀伤,不在他的无能,不在他的失恋。男人的哀伤，在他太男人了，无法躲避他命定的担当。在他必须的担当，不得不冷落他命定的恋人。

宗周到崦嵫山，一万里路。伯天找了一条更直接的路，也就七千里。

这是一条玩命的路。天子的时间已经不多。

伏虎有神力。它脚踏龙雀，一路奔雷开山，行云铺桥。天子的车拼命向前。

离崦嵫山还有七百里。风越来越大，雪越来越大。风雪交加起来，整个天地白茫茫一片。冰封、雪崩，寒气直入人心深处。

远远望见黄竹山了。天子的车疾速前行。风雪传来了悲恸的歌声。

黄竹山，出名的冰雪世界。黄竹山的山民，祖祖辈辈在冰雪里围猎、捕鱼，被称为"冻人"。"饥寒"两个字，他们懒得说，他们唱。唱得父老乡亲吐气抹泪，唱得妻儿亲朋摧心裂肺。几十年前，新一辈冻人离家出走，想找一种好一些的生活。没过几个冬天，他们都回来了。不是别地方不好，是他们习惯了，习惯了冻人的生活和冻人的歌唱。

天子没有到过黄竹山。二十年前，天子远巡，原想看一看黄竹山。只是路走岔了,拐到了群玉山。料不到天子在他最后的时刻,到了黄竹山。

天子命造父停车。轶蛮和离娥撩起了两边车窗的团龙锦帘。风小了,雪落下来,一朵朵像白牡丹,盛开在天上地下。歌声动地,天子的车在歌声里摇晃。这歌声悲恸欲绝,唱出了人间的悲欣交集和生死无常。

天子哭了。这位伟大的天子,在他有生以来的一百又五年里,改变着人间的景象。可他没能改变冻人的境遇。国度有疆域,人间有吗?人的生活,没理由没温饱、没欢喜、没尊严,和没希冀。天子哭了。天子为温饱流泪,为欢喜流泪,为尊严流泪,为希冀流泪。

天子让轶蛮和离娥扶起,下了车,走向歌者。

遍山的歌者,飞奔过来,他们听说过这位伟大的天子。他们扶老携幼,围了上来。

他们感动于天子,感动于天意,感动于人间的因缘和深情,他们放声大哭,唱起了和风雪一样恣意和苍茫的悲歌。

天子也唱了,唱了他的短歌三章。

  凄彼黄竹,托身于野。歌以往复,狙命难与。风雪交加,子将何去。

　　生彼元塬,佑以城廓。束之祁之,无毋忧祚。期颐期颐,余将何复。

　　瑶池旦旦,崦嵫暮暮。我将来奚,无住其野。长槐不迁,纪以伏虎。

他先唱出了冻人的苦难和他内心的哀伤,接着唱到了自己的一生曾经的担当。

第三章他歌唱了他对西王母的思恋,还有期待手栽的槐树的永年,和只能由伏虎传讯的无奈。

天子用生命最后的力量,吟诵和歌唱了他的短歌三章。唱完了,他精力耗尽。

面朝崦嵫山的方向,带着无尽的忧伤和哀婉,天子合上了双眼。

造父大哭而亡。八骏长啸数声,倒地不起。伯天一头撞死在了车轮上。

西王母打开了轩窗。

她听到了冻人的动地的歌声,不禁心胆俱裂。

又听到了天子唱出的短歌三章,天子永诀的歌声,她的泪水像决堤的河流。

她晕了过去。

等到再听到伏虎奔腾前来的铁蹄声,她已失神得像一座雕像。

2013.7.16

作俑

此居余前世行徑
望之游然已有凡塵世
君眷十載之下
余尚冤塵念
未浄或曰人之志
猶疲人以去余
倦之慮之
丙寅

作俑

"毒日头!十个太阳也没这样热。"宫强跳起身来,吼了。

"不是出了后羿了?"午说。

"毒日头!"宫强继续吼着。

"后羿吹牛了?"午说。

"毒日头!"

"后羿射了九个。"

"后羿你认识?"宫强太不喜欢午了。

"爷爷他爷爷认识。"午继续说。

"你没完了?"宫强不想继续了。

"完了。"午笑了。

"完?怎么完?"宫强蓦然哭了起来。

得,蹲在一边,听着两人几年来已经寻常到眨眼一般的、答非所问的对话。

兵马怎么就成了俑了?成了俑了,还算是兵马吗?雕刻俑的人呢？算俑，还算兵马呢？赶了千把百里路，到了骊山北麓，家是回不去了，活多久也不明白了。

倾其所有的这千把人里，宫强一个，五十岁。午一个，二十七岁。得也算一个，四十岁。

这是兵马刚被做成俑的时候。以前一统的当口，天下兵刃，被熔了化了，做成了十二铜人，端着盘，整天立在那里承受雨露。如今江山大定，兵马成俑，也是水到渠成的事。

万岁还是会累的，累到有天早上再也起不来。接下来和阎王的仗还是要打的。兵马还得带着走，而且要浩浩荡荡。

宫强他们也就募来了。

宫强是有家室的，原是晚年了，不该出远门。谁让你是雕刻的大国手呢？出来混，终究要还的。宫强闯了大半辈子江湖，这是想得通的。不过有时候还会掉泪。

午的新娘没过门就变卦了，谁稀罕喜欢黏土超过女人的郎君？午是遗腹子。来骊山前三年，母亲也又亡故了。他成了孤零零一人。守孝完事，正好招募，也就带着一些乐意来了。

得来了半年，没说过他的来处。武姜问过，得只是看着她，目光慢慢地从她的发髻上看过去，看着远远的山脊，呆滞着，不说话。

武姜煮了两个燕蛋，塞给了午。她是募来烧饭的。三十上下的年纪，丈夫十年前战死了。没得活。也就被募来了，做饭洗衣。沧桑有了，又是看得开的秉性，她真不见老，眉眼里有韵致。

大暑天，宫强他们的工棚里，男儿几乎赤身裸体。如果抹上泥，和制出的俑，混在一起，真假难分。也不避人。

武姜，也就自个儿避着。

这里伙食好。朝廷拨款也多。造帝王陵，是天字一号的事，历来不惜工本。武姜掌勺手感又好，地道的咸阳人。这里的男人，胃都被宠着。午不但是胃，心也被宠着。

午是个萧条的人，这里已是去处。知道还有武姜喜欢他，是该满足了。

宫强是成纪人。帝的祖上秦非子曾在成纪牧马，成纪也成了王气流衍的地方。这里的人，多是五岳丰隆、皇家贵胄的面相。这样的人很容易就有了皇家情结。

宫强雕刻的人物都英武绝伦。他对自身体魄有一种天然的认同感。这种认同感，正好是他在的时代最尊贵和必须的。

这天，宫强制成了最初的一列士兵俑。巨大的穹顶下面，他们站立着。他们哪里是人，哪里像俑啊？个个都是天威神武，贵不可言！而且是彩绘的。所有的色泽沉静得像落霞，又灿烂得像春山的雨。"神手啊！凭空多了你这么多兄弟！"午真心赞叹。他信服他见到了最好的雕刻。

武姜惊呆了，反复回头看一下宫强，"太像了！太像了！"得满眼是温暖，"哦，哦"，也出声了。

宫强笑得很陶醉，连连说："成纪人都这样，都这样。"

这个世界上，宫强什么都可能凄然，或者是躲不过凄然。只有雕刻，他是注定要欣然的。他欣然创造的过程，也一点不漏地欣然人间对他的赞美。

午不出手，他只是做一些手和盔甲。他还想不清楚，帝要带走的兵马里，究竟该有谁？

得需要真实的士兵，做他的模特。

造帝陵的多是卸甲的士兵。运土的盾乙，看上去体弱，相貌却有点奇异。两眼也深陷下去，鼻梁、颧骨高高冲出，该是秦地西边出来的，气格很硬朗，得觉得兵马俑里有他，自然杀气逼人。

宫强偶然会注意别人。远远扫见得的作品，很快就转身了。他喜欢伟岸的人物，他不认为弱小和奇异的人会有雕刻的意义。

得默默地做了三个月，做成了。盾乙见了吓得后退了七步，才勉强站住。

"是我还是俑啊？我成了俑了，我死了。"他哽咽着，大哭起来。

得内心一阵痉挛，像一把利刃插在了胸口。

他二话没说，把这泥做的盾乙，背起来，搁在了残臂断甲堆里。

这回轮到午在一边冷看了。他也什么都没说，颤抖的左手握住了武姜的手。

李斯是造帝陵的总监。他办事精细。二十多年来，他的车辙布满了骊山北麓。这会儿是来视察作俑。在他身后的现场指挥宜臼，掰着手指暗暗记下，"第五十七了。"

最热的午后，这里的人五分钟里全副装束了。

李斯来了。他是一个世故到很儒雅的人。众人下跪迎接，李斯含笑摆了摆手，示意免礼。

宫强的兵马俑一列排开。李斯缓步走过，表达了自己的惊叹,"秦人神武,无与伦比!"

他是天生的好口才。说起来,又句句带着感情,"千古一帝,天授神柄。今缔造帝陵,实开万世之太平。"紧接着,他的右手高高举起,缓缓一挥,"秦之兵马,横扫六合,天上地下,无往不利。"

宫强又下跪。李斯扶他起来,对他说:"兵马成俑,先生功德!"

李斯转身瞥见得做的盾乙,"此俑有其原型?"他问。

宫强应声回答:"是。"

"此人为谁?"

得在一旁说:"秦兵盾乙。"

李斯一惊。

昨晚,李斯求见帝。

秦宫凉快。秦宫屋梁上纵横的水渠,昼夜有活水流淌。

李斯进宫,帝正喝着银耳莲心羹。案头摊着竹简,是墨子的《非攻》一文。

李斯上奏:"崇陵拟置兵马俑,现已造像。"

帝慢慢地调羹,过了一会儿,淡淡地说:"文允客卿,武必强秦。"

帝是天下闻名的"龙影豺声"。豺声一出,李斯的内心习惯性地一个打颤。年轻轻的帝,一直是他的克星。帝的心思总在情理之中、意料之外。

李斯虔诚地大拜,回禀:"臣知了。"

李斯想到这里,突然用手拍了下额头,提高了嗓门说:"帝之兵马,秦人千面。神武为其魂,生气为其迹。秦得天下,天下莫不畏帝之前驱。"说到这里,他使劲地挥动着右臂,连连说,"秦人千面!秦人千面!"

"是!"在场的人一起高呼,"秦人千面!秦人千面!"

宫强满面严肃,叩头不起。

得的脸上掠过一丝寒气。

午心跳得厉害,热血沸腾。他感觉自己异样,惊愕不已。他的左手颤抖了起来。

宜臼送走李斯,回到工棚,下了两道命令,一是,"从今日起,凡兵马俑必以秦人秦军为范本,违者斩无赦。"二是,"清查之前所作之俑,凡非秦俑,立毁。"

月光透过山麓,照在一张阴冷的脸上。这是得的脸。一张真实得像豹子的脸,一双圆睁的眼睛,透出肃杀的光。

得是赵国一个伯的后裔。赵国灭了,家毁了。父老双

> 作俑

亲不是被杀,就是自杀。他的兄长,留给他几行血书,也死了。邯郸城破的时候,他游学在外。他无家可归了,流落到了陇南。他的天赋,让他很快成了雕刻家。

他只是用泥巴数落自己的寿数。他不觉得速死有什么好。他只是敬畏生命是一种神圣,谁也没理由和权力剥夺和毁灭生命。就像他雕刻出来的那些人和那些俑。

李斯的出现,震撼了他原本混沌的心。

秦是他的死穴。帝是他的死敌。荆轲和燕丹,不能杀死他。他呢?能不能呢?

得突然说出口来:"我能。我有机会。活着没机会,死了我有。我可以成为俑,进入帝的军队,在他死后再杀死他。"

得得意地大笑起来,他已经感觉到了复仇的快感。

复仇原本就是一件最容易让人着魔的事。

这一夜同样失眠的还有午。

他是秦人,咸阳人。他见到了自己的国度成为一个大一统的帝国。

战争没有了。和平成为真实的生活。

他只是一个草民,一个靠手艺谋生的草民。但是秦人,内心有一种崇高和神圣感。

今天,李斯让他感觉到了他这个有手艺的草民,也是一个有些尊贵的臣民。

他内心对帝的崇敬,从此毫不隐蔽。谁让他是秦人?谁又让他来到了造帝陵的人堆里?

他想起了没有见过面的父亲,还有种地养他成人的母亲。还有永远不会再过门的新娘。秦地有什么好?让他孤身一人。秦地又有什么不好?男人谁不热爱江山。秦人打下了江山,帝打下了江山。伟大的秦,伟大的帝。

午抬头看着月亮。今晚的月亮,好圆,好大。他看到月亮闪着一阵阵的光。他离开眼眶任意奔赴的泪,被月光照得淋漓、透亮。

武姜,握住他颤抖的左手,一边摸着他隐隐抽搐的左唇角,轻轻擦去他的泪。

五年过去了。秋风在天明以前生出了凉意,宫强吃了第五个小麦窝头,忽然噎住了。原是不大的事,就是不舒服起来。到了第五天,竟然病倒了。

病倒了,原形毕露。同伙才发现,其实宫强真的很老了。脱发,掉牙,眼珠黄了。而且硬朗的身板,在床上弯成了一个快熟的虾。

病倒了，就更感觉故乡远了。宫强感觉自己要客死他乡了。还明白地知道，留给他的最后的时刻很短，这时刻像一把短刀，已经割断了他和家人的最后一面。

他泰然了。他是西北旷野出生的男人，他是一个可以把男人的景象雕刻在时间里的男人。死到临头的时候，他对死生不出多少恐惧来。他竟然笑了，他说："我作的兵马俑，都是冲在最前面的。都是领头的雁。"说到这里，他诡异地一笑，"他们是我的手捏出来的，刻着我的名字，他们的身上，有我的魂魄附体。魂魄不死，我会死吗？"

午把他抱上青铜马车，靠在御者的座位上。

他张大眼睛，前面黑压压的一片俑。他的眼光，费力和精神地跨越一排排马头，一排排人头，不断向前。他想看到自己制作的伟大的俑。可惜，回光返照在了漆黑的长夜里。他只是看到了或者说是感觉到了阵头的那些俑的神武背影。

他突然悟出了个道理。伟大的士兵，永远走失在自己的帝帅的视野里，把他们看得最清楚的，永远是敌人。

这时候，他突然无限害怕死亡。这时候，他已无限接近死亡。

他一生藐视敌人，他却最终只可能由敌人来记住。

> 作俑

宫强死了。

不知是谁之前透漏消息,宫强的老婆和儿子,在宫强断气的第二天晚上赶到了。宜臼到了第三天晚上,才答应让家属把死者的遗体带走。

这让以前的传言变得耸听和真切起来。这里的人们已经相信,这里就是他们的尘世,就是他们的人生。就像尘世和人生一样,这里,谁也别想活着离开。

所有的宿命,在于他们邂逅了伟大。

帝陵是个伟大的机密。当机密和伟大关联的时候,一切都变得震撼人心。人太弱小了。何必要邂逅伟大?午和得都不敢对应这个问题。

宫强死了。他好像真的像他所说的那样,死不了。当他们像敌人一样直面阵容的时候。这么孔武有力的秦人兵马,怎么会死?

午和得,感觉到了一种空前的恐惧和神圣。这个时刻,他俩都看清了自己,隐藏在心底鼓噪的欲望。

这一夜,午和武姜在了一起。女人的温柔,成了他空空心身的最后一靠。武姜和星星一起闪烁的眼睛里,只有午。

痛苦的人没有明天。幸福的人也没明天。他俩一觉醒来,还是今天。

这一夜,得在自己右腕上划出一道两寸长的血口。兄长的血书被他当作抹布,慢慢擦干血口溢出的血。血干了,他把血书扔进了火坑里。他的血脉从此阵亡。

又是夏天,空气热得发烫。帝在南巡途中驾崩。

说是天下人都成了聋子,听不到这个天大的消息。这里确实是个例外。这里是帝的最后去处。帝开始大行,这里一切都启动起来。帝怎么会死?谁的心都被戳了窟窿。

那个不祥的传言,像死神的唇语,颤抖着发烫的空气。

三十八年来死一般的帝陵,乱成了人间。

宜曰被压垮了。帝死了。你得让他像有尊严地活着那样死去。帝死了,这里所有的人,都得死。他的额头,也感觉到了死神的亲吻。

他依然努力地在做,做一件对他一生来说,最具意义的事。

赤身裸体,谁都无所谓了。

得拿起酒盅。

午笑了。拿起酒盅,快速碰了上去。

这是得和午记忆里第一次两个人对饮。

各自灌了七大杯,两个人不再说话,安坐得好像身后的那些俑。

得开口了。他可能感觉到了这辈子说了太少,这点上很亏。

"我是赵国人。"他一干而尽。

"我想你也不是秦国人。"午一干而尽。

"全家都死了。你说我该不该死?"得又干了两盅。

"你觉得你该死。"午也是两盅。

得点头,又干了两盅。

午又起一挂牛肉,往嘴里塞。

"你可以不死。"得掰开一个窝头。家人都死了,他不吃荤。

"我也该死。"午淡然一笑,三盅。

"是你想死。"得又满了第四盅。

得站了起来,"醉没意思。我没醉!"

"我醉了吗?"午颤抖着手指着自己。

"好了,看看你我都留下了什么?"得狡黠地看着午。

"哈哈,两个死鬼!"午背靠着俑站定。

他俩都只留下了一个名款。

这晚，他俩要把各自落款的那个俑指出来。

两人摇摇晃晃，勾着肩背往前走，从一个坑走到了另一个坑。

在一个多兵种的阵容里，得站住了。"你看他。"

顺着得的手指，午低头望去。

哦，跪射俑！一个豹子脸的跪射俑！

得，雕刻了自己！

午慢慢走近，昏暗中他尽力睁开醉眼，看过去。他一动不动，静止得躯干发僵。浑身大颗大颗的汗滴，阵雨一样滚落下来。左唇角猛烈地抽搐起来。"呃、呃"，他发出兽一样的吼声。

跪射俑！

一是个"跪"字。亡国奴，不管你怎么挣脱，灵魂只能下跪。不是尊卑意思上的下跪，是被截杀的灵魂的下跪。

二是个"射"字。得，把自己下跪的灵魂，架上了弓弩！他要把自己灵魂的箭镞，射出去，射出去，死了也要射出去，射死已经死去的帝。

这俑的右手腕，有一道深深的两寸长的血口。

午，酒醒了一半。回头看得，感觉还像一个飘忽不定的鬼。

摇摇晃晃，午和得，相互拉扯着，几乎是爬回一个坑，两个坑。这是个最大的坑。午，嘟嘟囔囔着，爬到一个角上。也是用手一指，倒头睡了。

得抬头一看，一身冷汗！酒大半醒了。

这个强秦最年轻的雕刻家，无人能及。

再伟大的雕刻家，也做不到让作品替代一个活着的人。午，做到了。得的心力和目光，早已串起午的心事。他看穿了午，就像看穿他自己。

这俑，比午本人更像他本人。

不只是隐隐抽搐的左唇角，和可以感觉到的颤抖的左手，而是那种伤感的神情，那种殉难的神情，是午最本相的神情。

这俑，隐没在阵容里，隐没在不起眼的角落里。不是荣耀，不是扬威。而是一种牺牲，是为生命不能担负的一种伟大牺牲。

这是一个伟大的夜晚，所有的景象、人事，都到了弥留的时候。午和得抱在一起，痛快地大哭。这个夜晚的他俩，其实已是两个鬼，活净死透的两个鬼。

最后的死亡的网,不知是天意还是人为,出现了一个口子。有机会像鱼一样游出去的午和得,都放弃了自己的鳍的力量。

这个伟大的夜晚,兵荒马乱。武姜在惊吓中早产了一个男婴,午的儿子。武姜自己咬断了儿子的脐带,混在人群里,逃离了帝陵。

武姜知道午想死,她不能死。她要把午的儿子抚养成人。她给儿子取了个名字,叫"宵"。

2013.7.30

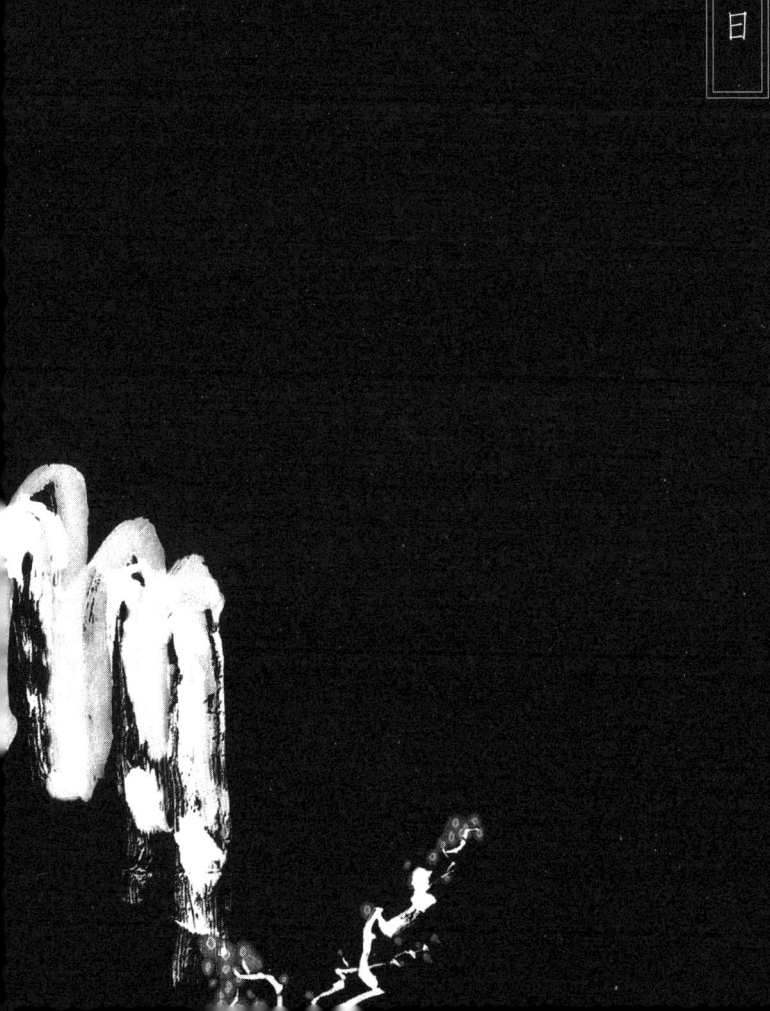

追日

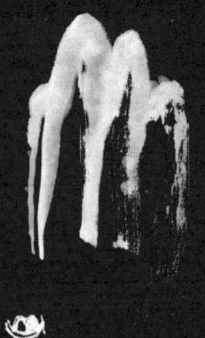

追 日

夸父一路狂奔,两条腿似乎和他无关,不停地交叉,交叉笔挺地飞行在厚实的大地上。刚才离家起跑的时候,浑身都是气力,跑起来,浑身舒服。可惜没跑多久,就跑成这样了。

伟大的追赶,是他昨天想了一晚的决定。这对夸父来说,简直是奇迹了。他不动脑子,他是用心想事的一类人。用心想事,其实是很天才的。可惜他除了心跳,很少心动。

羲和驾驭的六龙车上,载着太阳。车辙在空中划出一条西去的弧线。太阳永远西去,永不停息。

夸父手上缠着两条黄蛇。太阳不留情面地照射着黄蛇和夸父。

黄蛇很快失去了活命的水分,烤焦了,形体不再蜷曲,看上去像夸父手中的手杖。

"别追了,夸父。回头吧。"高高的天上,羲和在叫。这个绝色的美人,声音很美。

夸父双眼愣愣地看着她,不说话。

他其实也没办法说话了。他唇裂了、舌枯了,除了心,所有的身子都和他无关了。是的。这时候他只有心了。这让他感觉从来没有的轻松,还有奇异。他的心动了。可怜他长那么大了,还从来没有这样动过心。

羲和见他不说话,也就不再说了。

羲和知道,夸父的心比天还大。他的心动起来,一定会电闪雷鸣。

在干什么啊?夸父动了心。

刚才,还在自己的家里,名叫成都载天的大山上。天气确实滚烫。但滚烫也有好些日子了。就怎么出门了呢?这样没命地奔跑?

夸父出生的时候,他家的大山冰天雪地。

他是个伟大的孩子。才几个月大,就满山上下地滚爬筋斗。

他的个子很大,这是他家族英雄的标志。共工也是大个子,后土也是大个子。他是共工的曾孙,后土的孙子。他的父亲信,个子不大,没做成英雄。他觉得他和曾祖和祖父一样,是个英雄。

他的家族经历的时代，是个杀伐很重，又迭出神圣帝王和悲剧英雄的时代。可怜夸父的家族，出落的总是悲剧英雄。夸父和他的先辈一样，从不在意悲剧。

他长得很快。他很快长成了少年，可惜还是赶不上冰消雪化。他家山上的冰消雪化更快，甚至没有一丝桃红的机会，一下子就大旱永年了。

还有太阳，都说是伟大的太阳，大红连天地照射，他家的大山就像冒烟的火坑。

他的家族无数英雄的体魄，摧毁了。夸父是最壮丽的一个，他有选择吗？他没有。他必须奔跑起来，去找寻他家族明天的去路。

夸父想起来了，他就是这样奔跑起来的。他只有一天的时间，决出家族的明天。

干什么追赶太阳？他心里说了句："该死的太阳，入侵者！"

他觉得他家的大山上的冰雪云雨，都是被太阳烤干的。没有太阳，一切都会重新来过。他要追赶太阳，把它逮住。这是他的英雄使命。他是英雄，他必须完成这个使命。

他在奔跑。在飞一样奔跑。他只有心了。感觉心也越来越不听自己的了。

他感觉卤和陌和他一起在飞。

嘿嘿。他感觉到了家族的力量。

他从小崇拜卤。卤是他的伯父,据说长得和共工很像。卤还见过共工。这让他觉得卤是一个英雄。卤给他说到共工的时候,他感觉好奇异。在卤的眉宇间,他分明看到了共工的神色。

啊,还有陌!他的渐渐不由自主的心,在顽强和由衷地笑。

陌是他的兄弟。他觉得陌是他家族明天的领袖。虽然个子小,陌智慧的力量光芒万丈。他的心顽强地笑了。他要为他的兄弟、他的陌,开辟一条路。即使自己到不了明天。

浑身没有知觉,只有半颗心滚烫滚烫。

他知道自己还在奔跑。飞一样奔跑。感觉太阳越来越大。感觉羲和的六龙车走得很慢。感觉羲和的双眸水淋淋的。她在哭吗?她流泪了?夸父顽强地想着。他甚至不感到惊讶。他,这么大个子的英雄,会感觉到一个女子在伤心。

飞一样的奔跑。三个人飞一样地奔跑。

夸父说:"你俩热吗?"

他感觉左右两边都点头了。

他俩跑得好快。夸父感觉心有点宽了。感觉自己飞起来了。

"夸父,你别追了。你会出事的。"羲和急促地叫起来。

羲和是驾车的女子。她知道太阳的辉煌。她是神女。她是超凡的身心。和太阳靠得再近,也不会感觉炽热,只会感受温暖。

她天天经过成都载天大山,天天见到夸父。天天这个状态,很容易冒出感情来。正是这个天天,让羲和产生了对夸父的爱恋。女人都喜欢悲剧,喜欢英雄。夸父来到世上,就是来做悲剧英雄的。羲和有无穷尽的天天,羲和还知道夸父的明天。羲和的爱恋,已粘在了天天之上,挥之不去的天天之上。神女也会爱,所以神女逃不了也会哭。

夸父失去了太多的感觉。他只有半颗心,可他听到了羲和落泪的声音。还感觉羲和的泪珠,一颗颗落在了他的半颗心上。

他不知糊涂还是清楚起来。他是在追太阳,还是在追羲和?太阳是羲和的太阳,你夸父为什么苦苦相逼?羲和是个凶神吗?这么美丽的女子她是凶神吗?

夸父左右望望。心上飘过卤和陌的身影，他觉得自己想多了。他要追！

半颗心也被油煎了。夸父想到了卤和陌。
他心里连连说："卤伯父、陌兄弟，你们回吧！"
"伯父你老了。跑不远了。"
"兄弟，家族少不了你。快回吧。"
卤没说话。猛然，他听到陌的声音，从很远处传来："对！要有回头的勇气。夸父，我们一起回吧！"
夸父一惊。他左右望去，感觉空无一人。他说不出声。心在说："我要追！我是英雄！我要追！"

夸父没什么知觉，他相信脚下的路异常平坦，沙土温暖。偶然点地的触觉非常地好。他比飞还要快地奔跑。

他已经跨过黄河和渭水了。两道清凉的河流，让夸父的身心醒过来许多。他来不及喝水，他来不及喝。太阳行走得很快，他要赶上去。他要在今天赶上太阳。他预感到了什么。他这决绝拼命的追赶，必须在今天了断。

这时他看清了羲和美丽的面影。这是他有生以来第一次看清女人的面影。他没料到他第一次看清的甚至不是母亲的面影,而是一个从不相干的女人的面影。羲和太美了。都说世上的美,谁都会动心。鲁莽到了伟大的夸父呢?他的心动了吗?夸父不清楚。旁人和后人就更不清楚了。

夸父还是在飞。和太阳一起飞。

夸父没觉得他和羲和一起飞。

羲和也没有。她知道夸父没有明天。她伤心夸父向着死亡在飞。

夸父想起了伯父卤。在他起跑的时候,只有伯父卤送他。伯父一定有曾祖共工的英雄情结。有什么比家族的明天更重要?夸父是孤儿。出生的时候,母亲难产死了。不久父亲信也死了。夸父感觉他的命太大。他父母的命都抵给他了。他是扛着三条命活着的人。他没理由不英雄。没理由不去追那颗太阳!

伯父临别送给他两条黄蛇。说黄蛇是吉祥的家伙。黄蛇可以替你死一回。黄蛇果然死了。接下来,就是自家的造化了。

黄河和渭水上的风很大,湿淋淋的,夸父感觉到了一丝温暖。

然而,太阳不可阻挡!炽热的阳光又一次烤焦了夸父的壮志和梦想。

夸父距离太阳很近了。

夸父不在意团聚和离别。可这时他想起了陌。没有退路的追赶,夸父的所有信心,几乎都来自这个少年。陌太强大了。伟大的头脑,出现在夸父家族,说不清是夸父家族几世修来?

"陌!陌!陌!"夸父心里大叫了三声,挥了挥手中的黄蛇手杖,把陌抛回成都载天大山里了。

崦嵫山到了。

夸父拼尽最后的力量,向着太阳飞奔。

羲和泪流满面。她知道夸父的大限到了。她失去了前行的念想,呆呆地停下了车轮。车停了,太阳这一颗奔腾的、熊熊燃烧的火球,蹦出了六龙车,滑向大地。太阳,以最后的力量,放射出伟大的光芒,把整个天地照耀得金碧辉煌!

半空中,夸父和太阳相撞。夸父,逮住了太阳!

毕竟是共工的后代。夸父并没被太阳融化,太阳伤不了他的毫毛。太阳烤干了他的心身。夸父感觉口渴,前所未有的渴!"我要喝水!我要喝水!"夸父喃喃地说。一声一声呼唤着自我。

太阳被羲和抱回了六龙车。"快去喝水。黄河,渭水。"羲和手指着脚下的河流。

夸父清醒过来,扑向黄河。他大口喝着黄河水,大口大口地牛饮、鲸吞。这里是黄河的起源,大都好似涓涓细流。水真的不大。夸父把它喝完了,把黄河喝干了。黄河水只是润了润嘴唇,甚至还没流到喉咙,就蒸发了。

夸父转身,扑向渭水。又一阵惊天动地狂饮,渭水也被喝干了。渭水流过了喉咙,像冷水浇在了铜铁炉火里,迸裂的声响,夸父的口中涌出滚烫的烟霞,在太阳光芒里,七彩沸腾。

夸父倒下了。一下子昏倒在尘埃里。羲和晃过夸父的面前,哭成了泪人。她扶起了地上的夸父,一遍遍呼唤夸父的名字。

一个女人的声音很远。渐渐地,他听清楚了。他推开了羲和的扶持,从地上慢慢地站了起来。他又只有半颗心了。他只剩下一点心事。他还是要把太阳给逮住了,埋到地下去。

太阳有罪!他张开双臂和大手,摇摇晃晃地走向太阳。

羲和并不阻拦。恋爱中的女人,哪怕是神女,也是不讲理的。她崇拜英雄。英雄不跨越天空和道德,英雄跨越是非和对错!

夸父一步步走向太阳。

夸父想起了自己的童年。多美的童年!有英雄的故事好听,英雄的先辈可以追思,可以为英雄笑傲。还有豪迈的大山可以攀登,可以在刺天的山巅打斗和酣睡。那时天气真的很好。那么冷。冷得人临风矗立,好不气派!冰天雪地,有什么不好?雪温柔像母亲,冰坚固像父亲。夸父没有父母。夸父喜欢冰雪。

夸父想起了干旱中苟活的族人。多惨的族人!经历了太多的惨败,夸父家族的人再惨也笑得很灿烂!人就是活一条命,这命即使是捡来的,也是一条命。命是应该款待的,需要宽待的。命再惨,伤不到心。夸父家族的人,只有命惨的人,没有伤心人。每一个家族活的都是宿命,只有夸父家族除了活的宿命,还高举着自己的心。夸父想起自己的族人。这一步跨得很大,很响亮。

夸父一路奔来,所有的大地已经龟裂,龟裂得像真正的龟背。所有的人心也已经龟裂,龟裂得像崩溃的红石榴。

夸父疑惑了。夸父自问：埋了太阳，大地山河就不旱了吗？成都载天就冰天雪地了吗？夸父的家族就不惨了吗？

他突然感觉背脊一股凉意。这是一股比烤焦更滚烫的凉意。滚烫的凉意，夸父的腿迈不开了。

夸父感觉他一定弄错了什么。他感觉他很快会想出来。

他低下头来，看到了干枯的黄河和渭水。他大惊。浑身像火一样燃烧了起来。他实在站不住了，又一次带着惬意地昏倒在尘埃里。

羲和驾着六龙车，开进了崦嵫山的深处。太阳停息了，渐渐收敛了光芒，像一团幽幽的炭，静静地泊在车上。

夸父感觉舒适了许多。躺在地上，半颗心又思想起来。

他想起了他的伯父卤。伯父和他情同父子。这时候，什么都已忘记，也就伯父的恩情记起来了。伯父喜欢抓蛇，黄蛇。抓了黄蛇，就喜欢送他玩。伯父说，黄蛇好，黄蛇他曾祖也喜欢。这时候，他想起曾祖共工了。

伯父卤给他讲过，共工打不过颛顼，用头撞倒了不周山。不周山是天的柱子。天柱折断了，天上的日月星斗都向西北倾斜，地上的河流都流向东南。

伯父说，这是改天换地的大事情，夸父家族的先辈做

到了。

夸父闭着的眼睛满是光亮,他的心也一下子亮堂起来。

夸父感觉自己走错方向了。他追赶太阳,朝着西北走。可伟大的河流是朝着东南流的。共工以后,所有的流水流向东南,在东南那边汇成大海。有水的地方,有大海的地方,才是温润清凉的地方,生命可以开花的地方。

夸父渐渐睁开了眼睛。他在地上昏睡了多久?他不知道。他只知道,他睁开眼睛的时候,看见了羲和。

羲和真美,和他的心情一样美。

夸父又一次站了起来。他的脸上有了笑容,真正的舒心的笑容。

"太阳呢?"他问羲和。

"在崦嵫山里了。"羲和还说,"这是它第一次栖息不走。它从来是不停息地行走的。"

"对了。没有太阳,桃林不会着花的。"夸父说。他想起了几年前,成都载天大山里,春天的故事。

"嗯。"羲和流着泪笑了。

"我没时间了。"夸父笑了,涌出了泪,"我是夸父,我是追日的英雄!"

他把手中的黄蛇手杖,抛向了崦嵫山。

手杖飞舞起来,坠落在崦嵫山麓。

夸父看到,手杖坠落的地方,一下子出现一片桃红,是一片盛开着花的桃林。

"我把我的桃林留在这里了,留在太阳栖息的地方。"夸父说。

羲和泣不成声。

太阳最后的光辉,把整座崦嵫山染成了桃红。

夸父转过身来,朝着东南方,单腿跪在地上。

他的眼睛渐渐闭上,嘴里喃喃地说:

"陌,夸父家族的明天,在东南,在东南,在东南。"

夸父的话,羲和听起来像电闪雷鸣。

电闪雷鸣,智慧的陌,一定会听到。

2014.2.6

造字

造字

　　那时，还是个简朴的人间。每个人都没有多余的口粮和财物。黄帝带着大家过着简朴的生活。就像一个家庭。黄帝是一家的主。

　　黄帝让一个叫仓颉的男子管理众人的事。圈养的牛羊、囤中的食物，还有狩猎和添丁等等的事。

　　仓颉重瞳，也就是每颗瞳仁周边都有些漫溇。后人说这情况就是白内障了。

　　古人生命都短。得白内障的几率应该很少。重瞳自然就异于常人了。

　　舜也重瞳，他被尧看中了。同样情况，黄帝看中了仓颉。

　　问题是仓颉还不止重瞳。仓颉是满天下唯一一个生有四目的人。仓颉的四目，上下平行地排成两排。料想起来，这么丰富和缜密的目光，和他对视的人，会感觉不对等。除了视力上的下风，和无一幸免的目眩外，还会影响信心和尊严。

只是可以拥有四目的人,一定异于常人。仓颉的目光里,人们看到的是不容置疑的公道和宽厚。

仓颉除了公道和宽厚的人品外,还有说起来可怕的记性。十几年里,他在绳上打各式的结,在绳结上系上各色的贝壳。每个绳结每个贝壳都代表着一件事,也就是仓颉的一个必须的记忆。绳结贝壳甚至无数个了,仓颉还是无数个地记忆着。

对他来说,这是必须的。对他来说,记不住,那是不可能的。他就是这么好记性。

有了这好记性,仓颉把众人的事管得有条不紊。也就是这好记性,黄帝的天下还真是一片祥和。

黄帝启用了仓颉。开始闲得没事。

黄帝是天下绝顶聪明人。他明白,闲得没事,就是幸福。一个人闲得没事,是这个人的幸福。他黄帝闲得没事,就是他本人的幸福和天下人的幸福。

黄帝闲得没事了,他就开始研究起仓颉来了。仓颉的能力,黄帝不太吃惊。仓颉自然还不是天下绝顶聪明人。可仓颉的记性,让黄帝大惊起来。绝顶聪明的人,当然知道,在这一点自己不如仓颉。

天下的事处理起来,黄帝几乎都不假思索。可有关仓颉的记性问题，他竟想了半天，结果还是不明白。

只是有关天下的难题，还得由他想明白。他忽然喜笑颜开，对着自己说："看来记性问题，其实是时间问题。记忆是念念有词而来，念念有词也就是花些时间。仓颉没什么神奇。这家伙肯定在前世就开始念念有词了。"

隔几天，仓颉听到了黄帝的这个答题。他默默地愣了半晌，接着很顶真地说："这是了。不然，我也搞不明白了。"

仓颉发愣，其实是有苦衷的。众人看仓颉都会感觉目眩，可谁也不会知道仓颉本人也目眩。仓颉不但和人们对视的时候目眩。他看所有的东西都目眩。仓颉的世界从来就像黄山的云雾，每个瞬间都变幻不定地蒙眬飘忽。他看见的太阳不是一个，是错综连环的一堆。他看见的夜晚，月亮明晃晃、扑闪闪的，天光激荡着山脉和江流。

仓颉记事打的绳结，也不是眼瞅着打的，而是凭他手指的感觉打的。一个个绳结打成了，不是往后在光天化日下看着回忆的，而是一个个直接打在记忆里了，所有的结在打的时候就记在心里了。

这是一种多么天才的生活和劳作的方式。一直说过犹不及，这会儿该知道了：太明了的人，和失明的人大概差不多。他们都会失去对光明的把握，因此也都会获得代偿。

> 造 字

那就是其他的感触都会非常好。当然奇异到仓颉,他所获取的代偿,便是无可估量的。

黄帝真是好命。他的时期,天地非常地祥和。物质和人事灿烂缤纷,和日子一起联翩涌来,到了仓颉也感觉不再从容的地步。

仓颉惊诧了。不过他的命也好。他聪明到没了边际。

他想到了记忆里的景象,他忽然发觉打结是多余的,他从没靠结记事。打结只是无意间让旁人获得理解的方式。聪明人和众人还真不一样。给众人办事,总会出现一种让众人理解的办事方式。

仓颉是个聪明人,他竟有一颗众人一样的心。他发觉打结是多余的,他就很直率地把它放弃了。

可惜众人都不聪明。才过了几天,他们开始议论仓颉了。

麇说仓颉有了儿子,时间不够用了。麇的头发大半白了,可他才十四岁,还没儿子。

攴耄不这样认为,他说仓颉是老了,老了的人就不聪明了,不聪明就会做莫名其妙的事。他用鼓槌敲打悬空着的鹿皮那样的声音,继续说:"记事不打结就是件莫名其妙的事。"

攴毛的话接地气，众人差不多都赞成了他。

那时是个很好的人间。谁也不会怀疑别人的人品。甚至也没有人品这个说法。仓颉依然谨记着他要记的数不清的事。

仓颉夫人长得好看。腰细臀大，很深刻的双眼皮。仓颉的儿子廪，传承了他母亲的双眼皮，远远看去就像他，像有两双眼睛。

廪是个木讷的孩子。那时候没什么学堂，全凭自个儿成长。他独个儿玩，在草屋前的沙土上，拿着树枝或羊角划着什么，听他喃喃地说是羊啊牛啊狗啊贝壳什么的。

这样的黄昏时分，仓颉是最惬意的。他觉得太阳最好看，大，还红得很温暖。阳光照着屋前两个宽大的沙土台阶下的河流，缓缓地和河水一起流动。

还有他的儿子廪，划着沙土画画。沙土上出现的那些离乱和生动的线条，和他记忆里的景象很像。仓颉对画没兴趣，他只喜欢画画的儿子。

颉夫人那会儿倒是最忙碌的，除了手脚，还有她极其美好的嗓音。她要安顿晚饭。主食是先生喜欢的香椿饼，还有菌菇、鹿肉什么的。先生和儿子都像梦里边的人，吃什么不挑剔。她总是哼着没谱的歌,她觉得只有这样才能闯入先生和儿子的梦里边。

仓颉弟弟仓颃住得不远。仓颃家炊烟起了,仓颉总是会远远望上好一会儿。他这个弟弟是军人,炊烟起了,说明他回家了。没有战事,没有前线。

仓颉斜靠着蓬门,蹲坐在门槛上,渐渐地,感觉眼睛和头脑都眩晕了起来,他听到了夫人摊饼的声音,看见儿子手上飞舞着刀头的红缨。又一会儿,以后什么事都不知道了,倒头在地。

仓颉醒来已经是三天以后了。这三天黄帝也不知是怎么过来的。人间的钟摆真的会停止吗?这么美好的人间,这一刻,停止了流水和行云,甚至停止了所有人的心动。仓颉也会死?谁能想到,谁又会去想。三天过去了,人们开始明白,仓颉也会死这个问题,谁也不敢想。

仓颉也后怕了。他也没想过死,没想过他会死。

醒来以后,他想到了他也会死。他庆幸,庆幸他居然没有猝死。

他是一个有责任心的人,一个伟大到以天下为己任的人。这一刻,他感觉到了他还是一个需要交代身后事的人。

他的眼睛空前地眩晕起来。眼前有他的数不清的从没忘却的记忆，那些生动和曼妙的线条，缠绵悱恻，蒙眬变幻的景象，还有他儿子的画，用树枝或羊角比划出来的离乱的，也同样生动的人间和世界的线条。

雪地上梅花鹿一路远去的脚印。沙滩上鸟儿零零落落的爪痕。天上哀鸣的雁阵。林子里飒飒作响的竹叶，簇簇抱团的松针。一盘樱桃。数行莲子。还有水波里泛光的鱼鳞，孩提时候手中的糖葫芦。还有颉夫人的美貌，她唇间的没谱的歌，和指间香椿饼的滋味。

仓颉什么都看见了。

伟大的人到了他该伟大起来的时刻，他会不负众望地伟大起来。仓颉的眼前徐徐出现了比廪的画更奇异的线条来。

这些从此出现的线条，这些和时间一起行止、对空间充满想象的线条，形成无数个生命姿态，被他统称为"字"。

仓颉发觉伟大到自己这样，也难免一死。他以往死向生的力量，造出了字。

河里的水是流动的，他造出了"水"字，树木都是有权

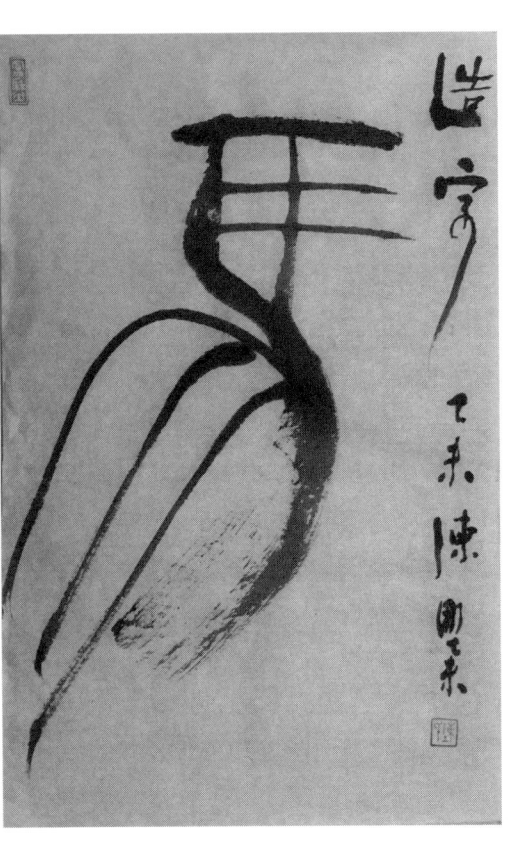

的，他造出了"木"字。

那一晚不是月半，月亮是像眉毛一样，他造出了"月"字。太阳呢？太阳每天都是圆圆的，只是在他眼里，太阳总有黑点在。他忠实于他的眼力，造出了"日"字。有了"日"字，也就有了早上那个"旦"字。和"木"字一起思考，又有了"束"字，太阳还被高高的树挡着。有了"杲"字，太阳在高树之上。有了"杳"字，意思是不见了。

仓颉记忆中的牛，清晰的只是一对弯弯的角，他造出了"牛"字。他记忆中的羊，有比牛小得多的一对角，正面看去，感觉它的脸很长，眼睛、胡须什么的，琐碎拖沓，他造出了"羊"字。他造了"马"字，依据的是他记忆最深的一匹马，一匹站立着回头看他的马。

他想起了廪画出来的山，线条很美，他做了减法，称它为"山"字了。有了"山"字，山边的石头，也就有了"石"字。颉夫人风情万种的身材，带给了仓颉一个美妙的"女"字。有了"女"字，也就有了"人"字了。"人"字里，除了女人，还有男人，风情自然逊色，线条也就简单多了。

那一晚，仓颉造出了好多字，伟大得连他自己也不禁深信不疑了。

他的体力很快恢复了。他开始忙碌起来。

他一向懒散。原先的超人的记性,让他懒散得像一只草地上栖息的羊。之后不同了。他发现他还有潜力,他可以造字。看见这些字,可以看见他的所有记忆。记忆原先是不能保存的。是他找到了保存记忆的方法。那就是字。

河里的鱼,跳出水面,他看到了,就有了"鱼"字。还看到捕鱼的网。一个"网"字出现了,好像一幅画,可它比画传神得多。天上飞过了小鸟。鸟,眼睛好机灵,鸟头隆重丰富,鸟腹和羽毛也饱满威风,他造出了"鸟"字。他看见鸟在叫,张着嘴,他在"鸟"字左上方加了个"口"字,一边的廪立刻嚷起来:"是个'鸣'字。"

廪还小。他抱着他站在屋前。廪看到了山外还有山。他嚷着要画新发现的山,身子从他臂弯里滑出。仓颉只是远远地望着山,他造出了一个"出"字。他想到少年时候他就是望着那些山出门的。

仓颉造出了字,感觉原先的记忆,一下子有了着落。他还来不及大欢喜,接着感觉到他的几乎可能永远的记忆,一下子空空荡荡。

一种从没有过的悲凉,像一股潮水,穿透和淹没了他。

面对着造出来的字,他流出了冰冷的泪,平生从没流过的泪。

他去见了黄帝。在黄帝面前铺开了一张树皮,上面是他用剑刻的一些字。全文是:

"化己,庇,乃尼山艾友所。草米并刈,乞少子左互。学耒,癹雨水,儿纠叔兵朱。"

仓颉对黄帝说,这些字说了他家里的一些事:

"渐渐衰老的长辈,住到尼山上安度晚年。不但除草收庄稼,年轻人还学会了使用农具,取水灌地。孩子缠着叔叔,玩弄兵器上的红飘带。"

黄帝大感动。

黄帝说,小时候天真,长大了勤劳,年老了能有善终,这人就做得像人了。

他想不到这些人间的美好境况,这一刻,竟然被仓颉用字写出来了。

黄帝高高在上。

这一刻,这个伟大的人明白,他有幸拥有仓颉这样的伟大同事。

仓颉的记性,说到底是一种前世的遗存,不同于常人,也并不伟大到哪里去。

然而仓颉造出了字。字是什么？字让人不同于万物，让人有记载地成为万物的主人。字让人有了尊严和勇气，有了记载历史的崭新的方式。

字让人完成了最伟大的文明蜕变。而这个蜕变的起点，是由他的同事仓颉创始的。

他向仓颉致礼，从无先例的黄帝的致礼。

仓颉哭了。仓颉说："造出了字，我可以交代我曾经做过的所有的具体的事情，可惜字让我渐渐失去，直到最后失去所有的记忆。以后不单是我，所有识字和写字的人都不会爱惜记忆，爱惜造就了记忆的所有的经历和温暖的情致。"他哽咽了一会儿，接着说，"文字之福，庇佑我们，而惜福的人又会有多少？"

仓颉两双眼睛望着蒙眬中的黄帝，一字一句地说："恐怕我也不惜。"说着，他唏嘘了起来，"会有一天，人们生活在文字里，不再生活在生活里！"

黄帝看得见千载万代。

他不作声，只是以内心的虔敬看了看仓颉。在仓颉奉上的那张树皮的上方，用剑造出六个字：

"天雨粟，鬼夜哭。"

"天"字,是一个"一"、一个"大"。"雨"字,是他看着仓颉泪,想起了天门飘下的雨,行行点点。"粟"字,是黄昏中尘中的稻粒。还有"鬼"字,像人,却是那么丑。"夜"字,"亦""夕"的意思。"哭"字呢?就像仓颉哭得好伤心。

黄帝造完了这六个字,抬起头来对仓颉说:"你造出了字。上苍会给人间温饱不愁,鬼神会感觉人间从此不测,号啕大哭。"

就在这六个字出现的同时,整个天空撒下新鲜的米粟,纷纷扬扬,馨香灿烂,没有停息的迹象。鬼神也开始不分昼夜地号啕起来,大哭,听起来像在笑。

黄帝携着仓颉,一起向上苍三拜九叩。之后,他站立在天地之间,大声诵读仓颉刻在树皮上的字,教导着天下所有的人。他说这些字会永垂不朽,他把这些字称为"仓颉书"。

2014.6.11

击楚

击 楚

宋襄公站起身来,凭着轼,看着天上的五颗陨石缓缓地依次坠落下来,在天边的远山跟前。

他身边的子鱼大惊失色。这灾星来得太不是时候。宋军已经发兵,去和强大到人人都知道的楚军打斗。

宋襄公不是这么想。他反倒觉得很刺激。生活在春秋年代,人都像少年,癫狂不羁,谁都想弄出些属于自己的声响来。何况是一国之君,更何况是宋襄公,更更何况是齐桓公新近去世时候的宋襄公。

齐桓公活得太精彩了,风头太健。天底下这么多的国度,这么多的国君,也就是他成了盟主。这盟主的称谓,被时代的少年们很快说破了:"盟主"就是称霸,是"霸主"。

宋襄公也想做霸主,想了好些年。不管先前弱小还是时下继续弱小,他一直想着做霸主。

他觉得做霸主,一切都不重要,重要的是要有一颗霸主的心。恰恰刚好,他宋襄公生来就有一颗霸主的心。他留心观察了齐桓公好些年,越后来越相信自己和齐桓公的差距越微小。再到后来,这差距反过来了:齐桓公死了,他还活着。

春秋时代,遍地的小国度,说不上都丰衣足食,也可以说是还算平安。国度太多,谁也没有并吞别国的心思。国力不够,国度也就没有非分之想,所有的也就是做个盟主,有个国君雅集什么的,可以在主席的位子上致几句无关紧要、皆大欢喜的词。这是春秋时代风雅极致的事。

还有就是耀武扬威的事了。春秋时候,物质不丰富,人们的生活舒适度低,寿命不长,体质却又壮美如虎牛。再有,天人合一的思想充分流行,人不怕死。自然而然,尚武成为一种时尚。

尚武,耀武扬威,次好的是体育比赛,可惜这档事,那时候的人连想的兴趣也没有。剩下来最好的就是打斗了。

少年不该长大,可惜青春不再有,平安老死,不如死在剑下。

春秋时代,各国之间的打斗,几乎天天有。不为鲸吞,不为掳掠,只为尚武。渴望打斗,渴望耀武扬威。

所谓盟主,得以主持的最有乐趣的雅集,也就是调停打斗,从而景仰胜者,安抚败者。

宋襄公就是这么个无暇长大的癫狂少年。
他下令找回陨石,放到御花苑里做赏石。回身对子鱼说:"星斗坠地,才及国君。这些细碎的坠落,不足为虑。"

接近泓水,天色暗了下来。
黄昏中,步兵列队齐崭崭的脚步声,更有了杀伐之气。
宋襄公不免也精神抖擞了许多。

昨夜没睡好。夫人不知怎的,突然感觉嫁了国君好亏。三天两头打斗,前些日子还被抓了去,还是国君雅集了之后才被放回。夫人娇声说:"这么个没完没了,哪像国君,还不是个黄毛小儿。"

"明天早上,别忘了给我系好头盔。"宋襄公笑了,他觉得夫人说得没错。可他做得也没错。他觉得床笫之间,最后的回应,该是顾左右而言他。

他想到这儿了,随手摸了摸颔下的盔绳,想了一会儿夫人。

听得见泓水的浪涛声了。夜色里,感觉得到这水很宽。

听到了浪涛声,水汽也就围上来了。初冬天气,水汽很有些寒意。可以想见泓水一定寒冷。

宋襄公暖和的回忆,中断了。还打了个颤。

很快他又满心暖和了起来。

宋军是来泓水边上扎营的。很冷的泓水,是留给远远赶来的楚军横渡的。这一带泓水没桥,甚至还没船。楚军是要徒步涉水过来的。

宋襄公下令在泓水边扎营。营盘离开泓水十箭之地。这十箭之地是留给上岸来的楚军的。前有宋军,后有泓水,这一次打斗,宋襄公觉得宋军的获胜只是时间问题了。

夜来了。宋襄公骑马来到了泓水边上。他举着马鞭,指向泓水中央,说:"水真是好东西,流不完,流不干,像血,流干了,还会自己造出来。"

公孙固看着这半大不小的国君,觉得很梦幻。天底下那么多的国君,宋国怎么就摊上了这一尊。这算是宋国的福分,还是宋国的灾难呢?公孙固说不清。有一点,他深信不疑。这个别致的国君,人品极好,谁和他过不去,这个人极可能会跟谁都过不去。

夜色中的泓水，就是一个梦想。

它的流水，好些时候会癫狂得像人间的少年。

宋襄公在他年龄上也是一个少年的时候，来过泓水。他一下子喜欢起来，他觉得人其实和水一样，活得很癫狂。他和泓水一样，活得很癫狂。

癫狂太好了。宋襄公说癫狂好，不只是出于他自己很癫狂，还在他看出了人其实就是为了癫狂才来到世上，来到名叫春秋的这个时代的。

他在泓水的浪涛声和浪涛的姿态里，看到了自己的心跳。他没有手舞足蹈，可子鱼和公孙固知道，国君的心在舞蹈，在强烈地舞蹈着。

水面上风好大，六只鹢鸟顶着风无法前往。不一会儿，它们排成一个纵队，凭空中显示出一个"省略号"，顶着风往后退着在飞。

不祥的兆头！子鱼的肚皮是被书读饱了的。他当然知道这个不祥的兆头："六鹢退飞"预警着死亡。

子鱼又一次仰面看着宋襄公。

宋襄公又一次教导着子鱼："六鹢在泓水上退飞，天晓得这应的不是楚军。"

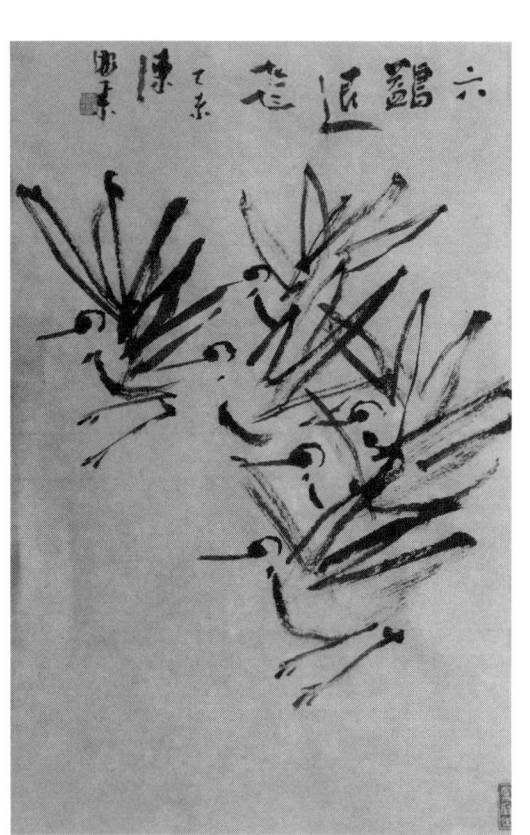

一只鹢迎面飞来，宋襄公应声弯弓搭箭。宋襄公好武力，好箭法。从他箭下逃生的，至少二十年来没有。

金铍箭离弦飞去，向着那鹢的头部飞去。没料到，现场的人都没料到，金铍箭被那鹢横着衔在了口中。

宋襄公大惊。在他大惊当口，那鹢竟然对着他，人一样地噗嗤一笑。宋襄公再次大惊，差点昏厥，一身冷汗。

他下令抓捕六鹢，可惜人当时还不会飞，实在不如鸟的。再说，箭法都追不上宋襄公，所以取胜的机会几乎没有。

他停止了他的部下和鸟的打斗。他隐隐感觉到了鸟的力量。

"这鸟怎么会说人话？"有一点，他先下了结论，那就是即日起，他的国、他的家，都禁止收容这种名叫"鹢"的水鸟。

夜深了。宋襄公回到营盘。感觉肚子有点饿。吃了两个炭烤野山鸡腿，打了三波饱嗝，睡下了。

星斗没有坠地，可惜这一夜确实很暗。

宋襄公睡着了，没看见。

宋军五更造饭，天刚亮，就进入了打斗的状态。宋军的阵容，看上去只是一大片青衫铁车。这些年，在宋襄公的指挥下,疏朗萧散惯了,像诗一样错落在水天边上。自然,这是很青春的诗。青春的最绚烂的挥霍是打斗。打斗可以获取的荣耀,对于雄性来说,和命一样不可或缺。

太阳正中,楚军来了。很快,出现在泓水的对岸。

宋襄公隔着泓水望去,喝起彩来。真是传说中最好的军队。车马兵刃,潮水一样涌来,所有的波澜,泛起青铜气味,金光万丈。

"还真守信,准时来了。"宋襄公感觉很舒服。世界上最体面的事,是说话有人听。何况这会儿听话的是楚成王,这年头风头最健的家伙。宋襄公笑了。回身对他庶兄目夷说:"国力强,不如血统高贵。宋是公爵世袭,楚终究还是蛮荒之地。"

他笑眯眯地望着对岸的楚军。心想,还要打斗吗?凤凰和锦鸡,论什么高下。

楚成王不想这些。数万人到了泓水边,接着就渡水了。

子鱼急了,"国君,趁楚军渡水时候,出击吧。楚军太强大了,这是可能取胜的机会。"

"今天你怎么了?你想陷我于不义?"宋襄公很诧异地看着子鱼。

"国君,你太怀旧了。这几年变化可大了,谁还把打斗只看成青春玩耍,耀武扬威?"

"别人怎么做,我不管。我只知道,双方摆开了阵势打,还有看到半老不老的卒子,不杀不抓。"

子鱼眼也直了,他看着强大的楚军,渡过泓水一半了。

他几乎是央求了:"国君,出击吧。放箭,出铁骑,乘势掩杀过去,不然没有胜机。"

宋襄公甚至没在听。他欣赏着渡水的二十万楚军。长鸣的马匹,摇晃的战车,还有浑身湿透的士兵,欢腾一片。感觉很美。

他的雄心也渐渐开张,他感觉一场旷世的打斗即将开战。作为继承着伟大贵族血统的宋国国君,他深信他的霸主时代,即将来临。

"堂堂正正,堂堂正正。子鱼,做个天地间的大人物,宋国必胜。"宋襄公这样教导着他的臣下。

他的话音没落,楚军已渡过了泓水。接着开始布阵。

宋军都感觉到了敌方的兵锋,不敢想象的寒冷。这一次打斗,还没开始,恐怕除了宋襄公之外,都感觉到了楚军胜出。

子鱼双眼突出,倒抽一口冷气。不再说什么了。

公孙固几乎是跌落在地,爬跪到宋襄公的车前,大叫:

"国君,快出击。等楚军布阵完毕,我军必败"。

宋襄公史无前例地吃惊了,头脑一片空白,好多分秒说不出话。

"我军必败。"公孙固说出了最不能让宋襄公接受的话。等到宋襄公回过神来,楚军已经布阵完毕。

在关系到宋楚两国,还有春秋所有国度今后至少数十年前程选择的时刻,公孙固的这番话,断送了对宋国有利的唯一选择。

宋襄公醒来,已是十天以后。没有比不省人事,更可以避免难堪和不安了。

一切都已改变。历史在他醒来之前,翻过了一页。

泓水一战,锦标是霸主的荣誉。宋襄公败了,也就失去了锦标。重新活过来的人,会重新审视和接受他的世界。敢胜和服输,宋襄公一直是很推崇。阳光照耀的心灵,对于世界的回馈,也只有阳光。

"醒了!醒了!"没人比夫人更惊喜他的醒来了。

他看着阳光下明显憔悴的夫人,说:"醒来很好,醒来就好。"说着,灿烂地笑了。

泓水一战,刚开始的时候,太美好了。

布好阵的二十万楚军，破天荒地擂鼓三通，齐声高呼："宋军威武！襄公威武！"

已经到了这个年头，厮守"列队而鼓"的古训的，也就一个宋襄公了。

宋襄公喜出望外，站在战车上，感觉个头高出了许多。子鱼、公孙固也愣了。两位是见过大世面的名将、大吏，这会儿真发现古训和器量的不可战胜了。

十万宋军将士所有的目光投向了大纛旗下，景仰自家国君上苍般的力量和尊严。

作为答谢，宋军也高呼："楚军威武！成王威武！"

先礼后兵。接着开打了。

这一场怎么看也是战力悬殊到有点戏剧化的开打，很快被演绎成一出戏了。

宋军以逸待劳，再说一瞬间觉悟了国君的天威，自然也明白了自己是天兵。天兵是要拿出天兵的样子来的。就这样，看上去不堪一击的宋军，一开打成了天兵，竟然像决堤的潮水，立马掩杀了过去。楚军在被掩杀之前就已经慌了。开打前，莫名奇妙地向对手致敬，军威减去了一大半。楚人原本就生性奇异，从小经历鬼神巫蛊。长途奔来，碰到这么个古怪精灵的宋襄公，心里早已发毛。北方人像鬼神一样,鬼神难打吗?谁也六神无主。

看见北方人搭着前辈子的战车,操着前辈子的兵甲,还敢冲过来。不如逃吧。

可怜二十万精锐的楚军,气势恢宏地齐齐回身,拼了命往泓水里跳。

楚成王后悔了。他也是个体面人。体面人对于古训总有几分敬畏。开打前,他让楚军山呼"威武",是对他自己内心的一个交代。哪里知道他的神一样的军队,最怕的也是神一样的对手。不战而溃,谁碍着谁啦。

泓水里数十万人短兵相接,阳光下,铁马金戈,光芒万丈,就像百万龙鳞漫天飞舞。宋襄公看到了平生最壮烈的生命搏斗。他入神了。原来人生可以这么壮烈,当所有人都以命相搏的时候。

没有人能形容当时的景象,如果是一出戏,写戏的一定是个疯子。壮烈是一个无法恪守的底线。壮烈总是不可阻挡地化为惨烈。

血流成河。黄昏时候,鲜血流成的河染红了落日。无数青春,在最初的时候被终结。无数生命,在远离家园的地方被草菅。宋襄公猛然觉得雄心和豪情太多血腥。

这场开打该结束了。

"收兵吧。打下去就是杀戮了。"宋襄公缓缓说。

子鱼应声说:"国君英明。胜负已分。再打下去,恐怕胜果不保。"子鱼抓住了最佳胜机。

公孙固双手合掌,高举过头顶,说:"正是正是。兵力如此悬殊,正是天佑国君,天佑宋军。"

宋襄公点了下头,不说话。打斗、锦标,和眼前的惨象,哪一个都让他不快乐。

宋军鸣金。这是获胜的一方发出的强音。把上岸的楚军打回泓水去,不是胜利吗?不是明明白白的胜利吗?这个时候,所有在场的人,还有谁不相信宋军胜了呢?

宋军理所当然地欢呼起来,纷纷退出格杀,上岸庆祝。

可惜,所有在场的人中,竟有一个人不相信!换上其他所有的对手,宋襄公都会获胜。很宿命的是,他碰上了来自蛮荒的谜一样、诗一样、鬼神一样,和巫蛊一样的楚成王。

已退到对岸的楚成王,见宋军退兵,不禁灵光一现,迅即登上城楼一样高的王的战车,高呼:"宋军败了,活捉襄公!"

也就在这个时候,晴天中响起了一声霹雳。天意到底眷顾谁了？一霎间楚军鼓角齐鸣。杀红了眼的楚军，原本人多势众，兵车精锐，先是被宋襄公装神弄鬼似的按兵不动，搞得魂不守舍，后又奉命叫了几句什么"威武"，更是晕头转向。打斗了两个时辰，听得宋军败退，心头大石一下子掀翻，便以舍命雪耻的心情，奋勇冲锋起来。

原本宋襄公是不自量力。战车兵甲不在一个时代。就说兵力，开打前十万对二十万，是一比二，打了，除去伤亡，大抵是一比三了。而且是一方撤退，一方追击，就不只是胜负翻转，而是宋军覆灭了。

两千年前，这一个真正的血色黄昏。

一辆辆战车倾覆，一顶顶头盔落地。没头没脸，尘土河流，到处是鲜血。乱军当中，宋军很少活得性命。

宋襄公站立在车上，和战车一起原地不退。

楚将宛春的战车冲杀过来。他是出名的勇士，手中的青铜戟，碗口粗，一丈二尺长。转眼之间，长戟挑落了大纛旗，以极快的速度向宋襄公刺来。

一边的目夷看得真切，大叫一声："慢来！"用胸口挡住长戟的去路，被长戟当场刺穿。目夷倒下的时候，用眼睛的余光笑着看了宋襄公一眼，慷慨地交出了性命。

宋襄公仍然不退。这时候死对他来说，已经是一副良药,可以疗伤疗痛的最好的药。

宛春再发长戟奋力刺来。宋襄公像石雕一样活在那里,闭上了眼睛,准备送死。长戟几乎碰到了咽喉,宛春突然住手。

"襄公活命去吧",他一边叫喊,一边收转长戟刺穿了宋襄公的右腿。

宋襄公大叫一声,翻下战车。头部磕在了地上,昏死过去。

宛春看了一眼,叹了口气,驱车离去。

宋襄公被打倒了。泓水之战,以伤亡二十五万人的代价,惨烈收场。好像是回应晴天中的那一声霹雳,被积蓄了多时的风雨,像天塌一样倾泻下来。

<u>楚渡河兮,襄公安些。楚列阵兮,襄公安些。楚鼓舞兮,襄公安些。遗则萎矣,襄公安些。运命萎矣,襄公安些。</u>

总是说许多难忘的人事,可歌可泣。昏死中的宋襄公,隐隐听到楚人和着风声雨声,唱着他的名字。感觉挺舒坦,他昏死得更深了。

> 击 楚

醒来了，泓水那儿的事都记起来了。宋襄公感觉自己活够了。泓水之战毕竟是他平生最难忘的事。最难忘了，也就最有意思了，也就是他一不小心活出来的亮点了。他相信，以后人们读到了泓水之战，都会认识、议论和记得他。

幸好子鱼和公孙固都没死。宋国还有些活气，不会立马和他一块儿离谱。

"楚渡河兮，襄公安些。楚列阵兮，襄公安些。楚鼓舞兮，襄公安些。遗则萎矣，襄公安些。运命萎矣，襄公安些。"多么好的楚歌，他想起来，学着哼起来，也感觉很带劲。

他暗自喜欢。做了一辈子的宋国的国君，最后还是被楚人歌唱，噢，是歌颂了。

之后，他还活了大半年。其中没什么大事了。被史家用心记下的，是他和晋公子重耳的相见。他那双老眼，大抵看见了重耳的以后。他知道自己想做而没法做着的霸主，眼前的那个年轻人，以后做到了。

2014.6.24

窃符

窃 符

如姬要在月落之前，拿到虎符，不然她就失信于信陵君，信陵君也就失信于他的朋友了，不然她还会终身不快乐，感觉对不住信陵君。

信陵君早些时候带他的一些方便去死的门客去救赵国，救平原君的。他们是以救赵国救平原君的名义，去送死的。这些个人，能救什么？去了就是一个死。可他们好想去，而且已经出发了。

死有时候真是个好计策。死是一种比较隆重和无敌的交代。有的事怎么也办不成了，友情、爱情、亲情，还有和国君和国家的情分没法办了，那就去死吧。死会了结所有，死是有去无回的一个亮相。这个相亮出来了，谁也没能力再说什么了。即使还有理由，也不能说。死者为大，和在了别处的死者，还能说些什么？

信陵君和他的一支百十人的营救队伍，走到城门口遇见一个人。这人是信陵君前些日子的门客,眼下看城门,说得雅一点,叫"抱关者",名叫侯嬴。他姓侯,可见他的祖上是封过侯的。门第和家族很重要,门第和家族高贵的人,一般都是潜伏者,像泥土里被悄悄埋下的各类种子。哪天春暖花开了,也就出息了。

"你走吧。我老了,就不参加,也不送你了。"侯嬴对信陵君这么说。

信陵君愣了一下,还是挺礼貌地挥手告别了侯嬴。

侯嬴年纪大了,脑子不听使唤了,说了什么,他本人也未必清楚。出了城门,走了蛮长一段路,信陵君还是这样想着侯嬴没头没脑的话。又走了蛮长一段路,信陵君感觉不对了。侯嬴不会这样老没出息。自己已是快死的人了,临死之前,再见一下侯嬴吧。

他和他的队伍,都调转了马头。

"知道你会回来。你觉得我有出息。"侯嬴笑着说。

信陵君也笑了。他明白侯嬴不会让他去送死的。

侯嬴说了三句话:晋鄙将军手头的兵是由虎符调动的。虎符在魏王的寝室里。如姬可以窃取虎符。

晋鄙的十万人军队，停留在邺。魏王原先是起了这些兵去救赵的。秦王说，谁救赵国就先打谁。魏王被提醒了，让晋鄙停下来观望。

如姬初次看见信陵君，是在街上看见他围猎归来，各色的随从，各色的猎物，还有大抵一致的弓箭。很生动的人间行迹和姿态。如姬灿烂地笑了。

后来一天，她的父亲被仇家杀了。她四处找人替自己报仇，都没结果。她想到了信陵君，上门求他。

"为什么找到我？"信陵君问。

如姬说："你会帮我。"

"为什么说我会帮你？"

"你是英雄。"

信陵君笑了。看着眼前这个豆蔻年华的女子。

信陵君割了她仇家的头颅，交给了她。从此在如姬眼里，于天下、于她，信陵君都是大英雄了。

五六年后，如花似玉的如姬成了魏王的爱妃。这时候，如姬离晋鄙等候着的虎符最近。

信陵君来找如姬。前几年的女孩子，长成少妇了。信陵君这才发现她很美。

如姬一生也就喜欢两个人,魏王和信陵君两兄弟。魏王是国君,她觉得他是一代英主。信陵君呢,是人中奇侠,还为自己杀了仇家。"我要晋鄙十万精兵,救赵国,还平原君所托。求你月落以前窃取魏王虎符。"信陵君直截了当说了来意。

"好的。"

信陵君没想到如姬答应得那么快,说了句:"你会有事吗?"

如姬眼睛有些湿润,赶紧说:"没事的。"

信陵君起身,看似鞠了一躬,走了。

魏王不再答应信陵君进兵,其实还有个心思。他想起那个大热天,和信陵君下棋。蝉叫得厉害,魏王心里好躁。眼看快输了,还来了个紧急探报:"赵军犯境。"魏王大怒。

信陵君在一边说:"哪是犯境?是赵王行猎路过。"过了一回,又说,"我在赵国有人。"

魏王听了,背脊沁出冷汗。信陵君是他的庶弟,王的座位,也是可以坐的。

月色很好。如姬陪魏王喝酒。魏王酒量是好的,何况那时候的酒,度数低,是拿来豪饮的。灌醉魏王很不方便,如姬也只有这招。好在女人不会醉,这招还是成立的。

今晚的魏王也怪,好像努力在喝醉,而且要让如姬心里踏实地知道他醉。

他喜欢如姬,希望如姬快乐。他看出来了,如姬想看着他醉。

他醉了,在喝了十七觥之后。如姬扶他睡下了,他情不自禁地说起梦话:"关起城门,别让秦军进城。"

如姬吓得半死。从纤纤十指之间,睁开眼睛,看看魏王真醉了没有。

月亮还刚刚偏西,她的机会来了。虎符这东西她见过,原先哪知道是搬兵的信物。虽说半个身子,还是让她想起了儿时玩的布老虎,不觉把玩起来。魏王喝住了她,说是"女人不能碰,会挫了兵气"。月光下这虎符伏在魏王卧榻一侧,红布包裹。时隔三年后,如姬把虎符第二次握在了手里。

她不敢挑灯。借着月光打开红布,哦,真是这虎符。"三年不见,好像更精神了",她想到这里,不禁笑了。女孩儿的心,总是长不大。

虎符送到了信陵君手中,就像当年送到如姬跟前的仇家的头颅。在场的谁都知道,这是不祥之物,红布包裹的不祥之物。在场的谁也不清楚,这个不祥之物,会开启什么,会结果谁?

信陵君连夜去见晋鄙。

他只带七八个人,一色的努力不想生还。

侯嬴这回是拦住了信陵君的马头,让他等待一个人。

半个时辰的工夫,等来了朱亥。朱亥是屠夫,力气太大了,单手握着四十多斤重的铁锤,还能舞动起来。

侯嬴说,朱亥算是代他出征了。他七十多岁的老骨头,会赎朱亥犯下的罪。

信陵君没全听懂侯嬴的话,只知道是好话,是很义气的话。

事情太急了,信陵君和他的不到十人的队伍出征了。

虎符运行起来,所有人的意志都失去了力量。

虎符,原本是为了抵制人的意志和力量出现的。虎符出现了,虎符就开启了它的生命法则。

太阳开始升起的时候,信陵君的队伍进入了晋鄙的大帐。

信陵君厉声说:"魏王虎符在此!晋鄙将军听令。"

说着,取出了护心镜里的虎符。晋鄙急忙取出他的半个虎符。信陵君高举魏王虎符,厉声又说:"魏王令:'虎符合并,信陵君统领十万精兵,破秦救赵!'"

信陵君几乎是单骑到来,竟可夺他统领十万精兵的帅印,这样的不成体统,晋鄙感觉耻辱。"赫赫魏王,何至于此!"他不相信。信陵君和晋鄙手中的两半虎符,合向对方。

惊天大事出现了:虎符合不上!两半虎符,虎头合,虎背不合!

虎符死了。谁也没料到,虎符会死。晋鄙看穿了信陵君,燃烧起勤王的激情。

"信陵君矫诏!"晋鄙挺身大呼,"拿下信陵君!"

意想不到虎符会死,信陵君慌了,头脑一片空白。

也在同时,一直站在晋鄙左侧的朱亥,挥起四十斤重的铁锤,砸碎了晋鄙的头颅。

信陵君挥去面额的冷汗,再次厉声说:"虎符已合。晋鄙违抗魏王令,杀无赦!"

大帐里的中军和士兵,纷纷下跪。

信陵君悲伤起来,流下两行热泪。晋鄙是魏国的忠臣良将,几十年了,打过重要的胜仗。想不到死在了自己人手里,自己手里。虎符到底是个什么东西,叫从不交恶的人自相残杀。

回过头来,他看见朱亥的铁锤,不禁厌恶得想呕吐。
"怎么就砸死他了?"信陵君问。
"侯嬴说,晋鄙不肯交兵权,就砸死他。"朱亥诺诺回应。
"哦",信陵君想起来了,侯嬴说过,朱亥的罪他会赎。
"赵国还没救,魏国牺牲已经太大了。"信陵君长叹一声,继续走虎符引领的路。

晋鄙死的时候,沉醉中的魏王感觉右臂折断了,钻心地痛。

晋鄙出现了,头破血流的样子,"王,我去了,再不能在你的麾下杀敌建功了"。魏王木然醒了。喃喃说:"下棋每一步都很紧要的。错一步,全局都变样了。"

晋鄙还到了侯嬴的梦里,侧脸对侯嬴说了句:"朱亥好力气,以后必是名将。"侯嬴从梦里出来,知道晋鄙死了,拔出了一生从没用过的佩剑,对着邺的方向,自尽了。

侯嬴留给信陵君一封信,信陵君后来读到了。信中说:"晋鄙一定不相信魏王会轻易换帅。这样,晋鄙只有死。让晋鄙死,朱亥有这能力,这是太残酷,太没道理。"侯嬴还说,"晋鄙见了虎符也不会交兵权。可如姬还是要去窃虎符。出师总要有个理由,出师还不能有退路。有了虎符,晋鄙必死,公子也只有继续下去的一条路了。"信里还说,

"我写这封信,还有个缘由是,我想留点名气。我七十岁了,从来没做过什么。这一次算是参加了一件大事了。可惜是些不光彩的计谋,连累和伤害了一些人。功过难抵。"信陵君接着读下去,脸色一下子刷白了。

信陵君十万人的队伍,一出动,秦军就退了。

信陵君对得起赵国,对得起赵国的平原君。赵国的围毕竟是解了。他也没对不起秦国。那时候,各国谁也灭不了谁。打一阵子总得收兵的。信陵君救兵到了,秦军退了,也都是战略和战役上的正常考虑。信陵君对不起的,反而是自己的魏国。之后,他只能亡命在外了。

魏军回师那天,魏王的信送到了。信陵君打开一看,一时没了主意。

魏王在信中说,魏国出兵,我也是希望的。魏军胜了,更是一件好事。只是可惜了晋鄙将军。战国纷争,什么事都可能发生。我已下令国葬将军,还祈雄魂安息。风波过去,你我还是兄弟。悬望信陵君率师回朝,延筵庆贺。

信陵君转念一想。到了这个地步,还想什么。晋鄙、侯嬴也都去了。我还关心什么安危。回国吧。魏王要我死,也就死吧。还好问一下,那虎符怎么就合不上呢?

信陵君班师回朝。魏王果然筵请信陵君。

正好是秋高气爽的日子。到了晚上，更是喝酒说话的好时候。

入席的也就魏王和信陵君两人。一边为魏王添酒的是如姬。

魏王比信陵君大五岁，也是春秋鼎盛的年纪。他是信陵君的庶兄。在各国的争斗里，他还是个可能成就些事的人物。

"平原君就那么重要吗？"魏王笑着说。

信陵君一贯的侠义模样，"人情、体面躲不开。"

"秦国是真虎狼，要灭它，是要长期谋划的。"

"这是魏王的事。我只是为了信陵君这个名儿。"信陵君说得很走心。

如姬为魏王斟了半杯。

魏王看了她一眼，笑着说："我这个兄弟就是侠义，还为你杀过仇家。"

如姬点头不语。

"你的门客真不错。听说一个叫侯嬴的非常了得。"

"杀晋鄙的是他的朋友朱亥，晋鄙死了，侯嬴也自尽了。"

"这就是英雄。一人做事一人当。谁也要为自己的作为尽责。"魏王有些感动地说。

信陵君听了,赶紧离席,匍匐着跪到魏王案前,说:"魏王治罪!杀晋鄙,借精兵,私自救赵,是我一人所断所为。"

"如姬,给信陵君斟酒。"魏王示意信陵君平身。

"我不负信陵君,信陵君终不会负我。"魏王举起满杯,一干而尽。

"魏王不负信陵君,信陵君今日前来领死。"信陵君离席又跪。

"晋鄙已死,不能复生。想起来不免难过。"魏王又示意信陵君平身。

如姬望着信陵君,暗示他喝酒。信陵君举杯,一干而尽。

魏王起身,取过案头的佩剑,歌舞了起来:

秋霜摇落,何枝崔嵬。君何人也,郁郁高飞。

连唱了三遍,泪流满面。

信陵君再也坐不住了,离席长跪不起。

魏王显然喝醉了。只听他高声棒喝信陵君:"我不杀你,你快走吧!"

如姬慌忙扶住魏王。

信陵君连连叩头。前额叩出血来。

信陵君逃回家，赶紧从内衣取出了侯嬴给他的那封信，双眼直直地看着最后一段话，一字一句读出声来："虎符合不上，是魏王知道如姬要窃符。他可以阻止如姬窃符。他没有。他是想借晋鄙一条命，把公子逼走。公子名声太大，对魏王来说，不是敌人，又不是朋友，难以容忍。救赵以后，公子就待在赵国吧。"

侯嬴太厉害了，说得好准。信陵君只觉得后颈发凉，十指颤抖。没有别的路了。信陵君连夜遣散了三千门客。他自己坐等到了五更时候，城门开了，只带朱亥等六七个随从，骑马出城，一路不敢多歇，逃往赵国去了。

魏王没喝醉。如姬也知道魏王佯醉。信陵君刚离开，如姬跪到了魏王案前。

"王，如姬罪不可赦，领死。"

"爱姬有什么罪？"魏王叹了口气，问。

"窃符救赵，还害死了晋鄙老将军。"如姬说。

"信陵君对你有恩，爱姬不得不报，"魏王侧过脸去，接着说，"你是下了死的决心的。"

如姬听了大哭,"王知我,我死也心甘了。"

如姬说:"我本想窃了虎符,就死。只是不知道是否帮上了信陵君,还有,如姬也舍不得离开王。老将军被杀,侯嬴也自尽了,那时候我更想死。只是听说虎符不合,老将军不交兵权才死的。怕以后信陵君说不清,就活了下来。"如姬说得泪流满面,哽咽不止,"今晚见王对信陵君这般仁爱,如姬庆幸嫁给了一个大丈夫、好君王。今晚死了,只请求来生再遇,侍候左右。"

魏王深爱如姬,这时候也已经泪如雨下。

魏王说:"信陵君是非常之人,非常之人必有非常之举。非常之举必伤国器,这是我不能容他的地方。我和他是弟兄,这是我要容他的地方。出了救赵这个事,我料他必不罢休。他手下人才也多,必会夺了晋鄙的十万精兵。怎么夺?就是求爱姬窃虎符了。"

如姬听呆了,停止了哭泣。

魏王接着说:"我阻止不了你报恩,也阻止不了信陵君救赵,没更好办法,只得用晋鄙的性命,换取信陵君的大错。让他从此有好的举止。"

"爱姬起身吧,"魏王缓缓地对如姬说,"虎符是我换了的,晋鄙的死和你无关。爱姬往后不再有非常之举就是了。"

如姬泪流满面，泣不成声。

魏王换了个话题，"我想，明天清晨，信陵君就会出城，前往赵国了。"接着又说，"也好。赵国有他的朋友平原君，他可以过悠闲落寞的好日子了。"

如姬听了半信半疑。她希望魏王说对了。信陵君能走，该多好。

几个时辰后，有禀报说，信陵君一行六七人出了东门。

魏王点头笑了。

如姬看着魏王。她发现，信陵君和魏王没法比。

2014.7.1

填海

填 海

生命最初是在水里出现的。出现了之后,就有了生命记忆里的时间。时间把生命从水里打发出去,生命就出现了两个方向。一个是地上,一个是天上。兽、一些禽和人去了地上,鸟去了天上。

地上,后来发现是个瓷实的地方。尘土一阵阵积累起来,生命也成了一种一阵阵的积累。

天上呢?不同了。天青色,也许是生命可以等待和守候的最美的色彩了。让身影留在天青色里,这样的生命还要什么等待和守候?

精卫鸟就是这么个天青色里的生命。可惜,她和所有快乐的鸟儿不一样。她不快乐。她原本不是鸟,她是去了地上的人。

生命有个很奇怪的习惯,它只有一个方向。无论去往这个方向的路途上,经历了再多的凌辱和折磨,它都不愿重新来过。就是这样,再让生命窒息的凌辱和折磨也是网状的。网眼里总有水、空气和阳光透进来。

精卫,是炎帝的女儿,小女儿。她的生命,是真正的脚踏实地。鸟和天上,和她什么相干呢?

精卫出生在发鸠山上。

发鸠山上,多的是柘树,还有活泼的斑鸠。

三岁时候,精卫扶着柘树,沿着斑鸠飞的方向看过去,第一次看见了在山脚下流过的漳河,第一次见到了流水。

那一夜,她就做梦了。她遇见了好大的水,泛着光。她像一只斑鸠,在水里漂流。水好温暖,亲和。天底下,怎么会有水啊?比她之前看到的山,看到的土和石头,滋润、灵秀多了。

不到五岁,她跟着比她大两岁的姐姐瑶姬,领着一班斑鸠,经过了五六里山路,来到了漳河边上。两个人脚丫都浸在了漳河里,打着节拍,唱起了有关她俩和漳水的歌:

> 咿咿流水咿咿呀,
> 咿咿洗足咿咿呀。
> 咿咿咿咿,斑鸠飞了,咿咿呀。

精卫让瑶姬拉着她的手,她的身子滑向水里。只觉得身子漂了起来，她快乐地大叫起来。瑶姬的双手感觉到了前所未有的重力。那一班斑鸠来了，数十个土红的爪子，曳住精卫的衣襟，和瑶姬一起把精卫拖到了水边。两个女孩，一班斑鸠，一起跌倒在尘土里。

精卫还不过瘾，还想下水。瑶姬脸色通红，说："精卫，姐姐没气力了。"

精卫懵懂了，"离开水，很费力吗？"

瑶姬说："水的力气很大很大。"

漳河的水朝着一个方向流去。精卫朝着河水流去的方向，看见远处涌动起一道波涛。这一道涌来的波涛，近了，原来是鱼群。

"这样游很累吧？"精卫好像在问。

瑶姬看着尘土里跳跃的斑鸠，在一边说："鱼和鸟一样，鸟顶着风向飞，鱼是顶着水流游的。"

好多鱼像波涛一样涌来了。

精卫贴着河滩，听见满条漳河充满了声音，鱼在打闹和说笑的声音。可惜她不是鱼，是人。人是鱼说不清多少辈以后的生命，人早已忘记远古先辈的语言了。她是炎帝的女儿，她已是个传承了最睿智才华的人了，她还是听不懂鱼的谈话。

> 填 海

可她，十分清晰地听到和听懂了鱼快乐的心情和奋勇的心气。

鱼群过去了。又看了一个时辰的水，水还是不停地流着。

精卫看呆了。她用手指着漳河流去的方向，问瑶姬："这水会从那里流回来吗？"

瑶姬告诉妹妹："天底下的流水，都是流向一个方向的。漳河里的水，流向黄河，黄河里的水，流向大海。"

"还有黄河、大海？那里的水一定更大更大吧！"精卫十分神往了起来。

"对。父亲说大海很大很大。天底下，大海包围着大地。"瑶姬说着摊开了手掌，比画着，"如果大地是半个手掌大，大海就有一个半手掌大。"

"哦。海那么大，人为什么还要到地上来？"精卫，这个永远充满疑问的孩子，兴奋起来，"大海那么大，全是水吗？水多好！我要去看大海！"

五岁不到，精卫决定了她的一生。水，生命的故乡，生命最古老的记忆，让一个大地的孩子，最后变成了天使。

看着一道道涌来的鱼群，精卫走过了漳河，走过了黄河，最后走到了大海的边上。

从发鸠山走到大海，精卫用了六年时间。

五岁时候，精卫有了看大海的心愿。十一岁时候，她看到了大海。六年时间，说的是她从有看大海的心愿，到看见大海所经过的时间。她是不是把六年时间都花在路上了？没有人知道。

高山大河，一千里一万里，精卫走过来了。精卫那时候还不是鸟，甚至还不是斑鸠。她不会飞，她是一里地、一里地，一步一步走过来的。她还是个孩子，她能走那么远吗？谁也不敢相信。

只是，在大海边上，精卫真的出现了。

到达有时候也很简单。心到达了，后来都可能到达。

瑶姬是一起来的，后来在半路上，回去了。

那天晚上，雷声很暴烈，天好像和风雨一起要倾倒到大地了。

两姐妹不害怕。敢于远行的人，胆子都愿意或者说已经被虎豹吃了的。

两人聊着天，在水边的一个草庐里，一边是棵大槐树。

"这风雨下在大海里，就像过家家了。"精卫说。

"雷劈到大槐树，有危险。"瑶姬听着雷声，很警惕。

话音没落地，草庐外一声巨响，雷真的崩了。

瑶姬把妹妹压在身下,扑倒在地。草庐塌了。丈把高的大槐树被劈成两半。

"生命太脆弱了。不知哪里突然死了。"精卫直直地说。

瑶姬捂了下她的嘴,摇了摇头。

"家里怎样了?"

"出来快两年了。"

重新坐起来的时候,她俩都想到了父母。

"姐姐,你回吧。"精卫背转身,说。

瑶姬不再说话。

那是个真实的年代。所有人说话都是用心说的,都是真实的。用心说话的结果,真实的结果,就是没有了多余的话、客套的话。没有了彼此要表达热情和好意的话。

第二天,天晴了。瑶姬踏上了回家的路。

她头也没回,走了。两人都不想拥抱、哭泣。拥抱、哭泣,是想预知永别吗?谁也不愿这样想。

去看海,是条陌生的路,陌生的路说到底生死不测。回家的路再远,也是条熟悉的路了。就姐妹两个,舍了一个,还有一个总要回到父母身边。

精卫走到了十一岁,看见了大海。

她突然回头叫"姐姐",身边空无一人。

她想起了父母,想起了柘树和斑鸠。

她大叫起来。带着哭的声音,狂喜地大叫起来。

像一棵迁移的树,一条洄游的鱼。

春天,大海也是春天的声色。碧绿的,清润的。

精卫要出海。就像五岁那年,在漳河,她的身子曾经滑向水里。

一条小船,长长的船身,很美的姿势。没人看管。她要坐着它到海里去。

海是无边的,没有水流的方向。所有的水来到了尽头,来到了自己的家,在那里流转忘返。这让精卫有了家的感觉。六年了,今天,她觉得离父母最近,觉得就在父母身边了。千里万里,走过了头,也就是启程的那个原点了。

这船就是漳河那里的船吧?精卫打足精神仔细看过去,感觉这船影重重叠叠的。她拭了一拭眼睛,睁大了细细看过去,这船好像悬在风中,又好像钻进了云里。

她必须出海了。她的心命令她必须出海了。

凡是有生命的地方,就会有命令。许多的命令是别人吃饱了没事下的。只有自己心的命令,才有幸福感。精卫就要很幸福地出海了。她驾着这船,离开了海岸,进入了海的深处。

晴朗的春天的早上,远处的海的边缘,吐出了一团火焰,这也是太阳。海上的太阳,和发鸠山上的太阳不一样。

发鸠山上的太阳,静穆、深厚。海上的太阳,鲜活、灵性。大海和太阳,各自的尊严互不冒犯。每一个早上好聚好散,水依然是水,汇成了海,火依然是火,升起了太阳。

精卫驾着船奔向太阳。她行得很快,她惊奇海上行船怎么像飞一样。船怎么了,船还是船吗?她低头看过去,突然发现眼底没有船,只有海水。她咬了一下上唇,有点痛,发现自己醒着。她开始明白,漳河的船不会流到大海来。

精卫在大海里漂流。五岁那时候,她就知道水上是可以漂起来的。十一岁了,她更加知道,海水更可以让她漂起来。

她在梦里跳入大海,醒来的时候,她已漂流到了大海深处。在她以前,还没有人游过大海。精卫,是第一颗海洋之心。

这一个早上,一个十一岁的人类孩子来了,大海有了自己的心。它心痛了起来。

它心痛起来,春天没有了,晴朗的早上没了,风狂了,雨暴了,雷崩了。大海从前没有心,它不会快乐,也不会悲伤。这一个早上,它有了心,它快乐了,可它看上去,做起来,就像满面怒容。

十一岁的孩子,女孩子,被海浪抛起来,摔下去,力气用完了,虚汗流在了海水里,眼睛花了,也梦幻了起来。

她展开了双臂,奋力划了起来。她的双腿也开始打击浪涛。她高昂着头,看着心目里的太阳出海的远方。她是个没有彼岸的孩子,心的辽阔,让她横绝大海。

她感觉自己还活着,感觉自己会一直活下去。她聆听着自己的心,听到了浪涛汹涌的海的声音。

如果天地真有纪元,应该记住这个时刻,这个三天三夜,精卫在大海深处,经历了生命极致的状态。生命真美好,美好到了可能毁灭。天地原本有什么美好?无始无终,无从发落。哪像生命,珍贵到了极易失去,珍贵到了最后失去!

一切都无法改变。瑶姬在院子里的那棵枣树上刻着痕迹,这痕迹,是精卫离家出走后的天数。突然,她心痛起来。她晕了过去,看见精卫漂流的样子。

"姐姐，我在海里。"她说。
"姐姐，我淹死了。"她又说。

大海还在庆贺它有了心跳的快乐。
海洋之心，沉到了海底。

炎帝不相信精卫会死。炎帝觉得人可能死，不可能枉死。精卫是个伟大的孩子，她会见了大海，她做成了一件伟大的事。她已不可能死了。

造物主也不认为精卫会死。造物主认为生命有始无终，所有被称为生命的，都会永生。

天地之间，帝王和造物主都不忍心看见精卫死，精卫怎么能死呢？

伟大的心意，在精卫沉到海底那一刻，开出花来。

大海深处，出现了一只鸟。空前绝后，鸟出现在了水里，出现在了海里。这鸟儿像云朵漂流在天空一样，在大海深处漂流起来，一直漂流到了海面。就像太阳离开大海一样，这鸟儿挣脱了海的挽留，漂流到了天空。云朵、太阳，这时候都不如它了，无论风骨，还是情采。

这鸟儿，像是发鸠山上的斑鸠。这么小，这么斑斓的头毛和羽毛。飞近了，感觉不是了。

这是万古唯一的精卫鸟！

长长的白喙，细细的红爪子，土红的腹部，一声声叫着同一个单词："精卫！""精卫！""精卫！"

生命在蜕变的时候，是有记忆的。精卫鸟记得精卫，记得斑鸠，记得大海。记得精卫是它的来处，斑鸠是它的出处，大海是它的伤心地。

所有的生命都像诗一样美好。来处是赋，出处是比，伤心地就是兴了。

赋也好，比也好，只是生命的形体和影子。

伤心地就不同了，它让生命痛彻心扉。所有的生命，都会有责任，哪怕只剩下最后一点气力，也要把伤心地填平。

精卫的伤心地竟然是大海。精卫填海这种事，也就很宿命地出现了。

一只极小的鸟，去填平极大的海，可能吗？可能。一百年、一万年，还不可能吗？

或许，精卫鸟这样问过自己。或许，她又这样反问自己。或许，她从没有什么或许。她的生命太渺小了，她的决绝就是她的不假思索、她的一意孤行。飞行起来了,就没有停顿的时候了。

精卫鸟在大海上空,飞了三圈,向西飞去。三年后,她飞出了大海。又三年,她飞过了黄河。又是三年,她飞过了漳河。她飞了九年,飞到了发鸠山上,飞在了一班斑鸠中间,接着又飞上了柘树梢头。这是她家门口的柘树。她看着自己的家,眼圈红了,说不出话来。她飞到了瑶姬的怀里。

瑶姬是个大女人了。看见怀里的精卫鸟,看见她的红眼圈,听着她不停开合的喙,不停发出的单词:"精卫"、"精卫"。她哭了。

大海改变了精卫。大地的孩子,成了天空的孩子。精卫和瑶姬,被天地隔开了。

精卫鸟飞了九年,回到了自己的生地,见到了最像自己的斑鸠。她在姐姐的怀里,停留了两个时辰。她的心伤透了。

> 咿咿流水咿咿呀,
> 咿咿洗足咿咿呀。
> 咿咿咿咿,斑鸠飞了,咿咿呀。

她还活着。她开始了她的宿命：填海。

她衔起家门口的那棵柘树的树梢，开始飞行。三年后，她飞过了黄河。又三年，她看见了大海。又是三年，她飞到了大海深处。她飞了九年，柘树梢也衔了九年。神一样的精卫鸟，在大海上空飞了三圈，把衔着的柘树梢投向了大海。

这是她故乡的木石，她用它来奠基，为着失去的山陵和旷野。

许许多多年前，山陵和旷野下沉的事情，经常出现。下沉最厉害的地方，出现了大海。大海不只是精卫的伤心地，也是山陵和旷野的伤心地。伤心地对生命和天地来说，都是要结实填平的。

入土为安，海洋之心最终会被埋在泥土里。

2014.7.2

图书在版编目（CIP）数据

作俑/陈鹏举著 . —上海：上海文化出版社，2016.1
ISBN 978-7-5535-0469-8

Ⅰ．①作… Ⅱ．①陈… Ⅲ．①历史小说—小说集—中国—当代 Ⅳ．① I247.7

中国版本图书馆 CIP 数据核字（2015）第 267027 号

责任编辑	黄慧鸣
装帧设计	汤　靖
责任监制	陈　平　刘　学

书　　名	作俑
作　　者	陈鹏举
出　　版	上海世纪出版集团 上海文化出版社
地　　址	上海市绍兴路 7 号
邮政编码	200020
网　　址	www.cshwh.com
发　　行	上海世纪出版股份有限公司发行中心
印　　刷	上海天地海设计印刷有限公司
开　　本	787×1092　1/32
印　　张	5.5
字　　数	90 千
版　　次	2016 年 1 月第一版　2016 年 1 月第一次印刷
国际书号	ISBN 978-7-5535-0469-8/I.129
定　　价	25.00 元

敬告读者　本书如有质量问题请联系印刷厂质量科
电　　话　021-64366274